謹以本書

獻給我敬愛的伯母

蘇足治 女士

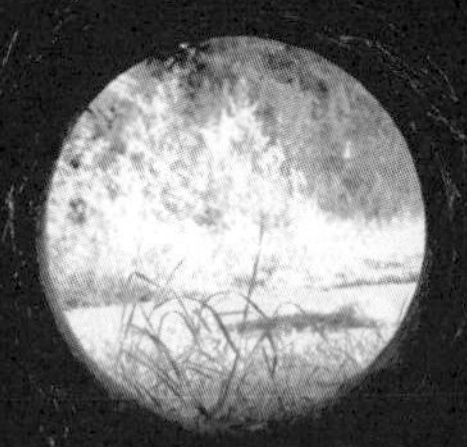

目錄

第五章 天空之外

第六章 巨星隕落

第七章 氫與癌

第八章 點亮太陽系

//////////

推薦序

從極小的微粒量子物理世界，到極大的浩瀚銀河宇宙之間，從平易的氫原子科學理論，到最新科技暗能量、暗物質的控制發明，從傳統的俠義情愛、相知互敬、矛盾糾葛，到揭露地球的能源危機震盪、強國詭譎的太空探勘競爭，解開有如納須彌於芥子的行星秘密，一章一章地有如星圖般的魔幻展現，讓您經歷一趟富有挑戰的閱讀體驗，更讓您飽嘗一串奇異心靈的大小宇宙的探險之旅！

台灣社會萬象觀察者 許大江

2018 年 5 月 17 日

自序

一片露珠秋色葉，凋零慢飄落地中，
一陣濕氣旋轉葉，往上卷吹高空飛，
一縷輕煙黃之葉，向下緩沈旋轉舞，
一身孤單乾枯葉，落地夕照光輝處。

這是描寫作者在晚年出書的心境。

最近閱讀了暢銷書《你的善良必須有點鋒芒》一書有所感。對畢生被「謙卑、謙卑、再謙卑」所綁架，而且，還遭勒索。對這社會深根蒂固的中華文化深表不滿。如果，說實話，而可供人借鏡，就是善良的鋒芒了！

出生在台南市經濟安康大家庭，小時候在台南郊區長大，人雖小卻都與大人為伍，兒時少年期，已俱備大人常識。時常得到村裡長輩幫助和喜歡，因此與同齡少年愈走愈疏遠。伯母畢業於日治時台南女子高級中學校，被認為是當時台灣女子可獲得的最高學歷。當時民風並不重視教育程度，可是她與眾不同，力爭向上游。伯母待我如己出，自認我是可以被栽培到念高學歷的孩子，不忍心讓我就讀她認為的鄉下小學，因為她是該校老師。

於是把我轉學念台南市明星小學協進國小。兩位堂兄也是這樣調教出來的，就是只能念台南一中，如此的前例擺在眼前。也許，她的高學歷讓我們不得不跟隨她。

這裡有段小插曲。在協進國小念到四年級時，市政府心血來潮，舉辦小學跳級生，於是所有小學舉行智力測驗，測驗考題注重理科。考後，我竟然可以跳級念五年級。於是捲起書包，跟五年級生一起上課。後來校長說：「只是一個在旁一起學習！」空歡喜一場。但是，從此奠定了學「理科」這條當時被認為較困難之路。後來念到高中「幾何」課程時，才憶起，那些考題不就是現在所學的「幾何學嗎」？

一路，由協進國小到南一中，甚至進入台大，都是以理科的成績較佳。但是，課外卻喜愛文學和歐洲古典音樂，父親對小提琴特別喜愛，經常拉出優美雅韻旋律的古典小提琴獨奏曲，如〈小鳥之死〉、〈海浪〉等等名曲的音律。他有二把超值的小提琴，曾央求請他送我一把並教我拉奏，卻被拒絕，料想父親可能怕會誤了我「理科」的前途。

但自己十分喜愛文學，投稿過，也寫過短篇小說，更買了無數的文學名著，從俄國托爾斯泰的《安娜卡列尼那》（電影名《春殘夢斷》）至英國奧斯汀的浪漫小說《傲慢與偏見》，狄更生的愛情小說《雙城記》到美國米切爾的《飄》（即電影《亂世佳人》）……等等皆是收藏之列。

念了博士學位卻專攻「量子化學」。當成大化工系客座教授，甚至後來創業，都沒充份使用念博士學位時所學的知識，覺得很可惜。對社會沒什麼顯著的貢獻。這是與小時候的立志和長輩的期待有很大落差。退休後，可愛的妻子不期的去世，沒有伴一同旅遊，再加上年青時已一邊做生意，一邊旅遊過了。旅遊對現在的我已沒了吸引力。

在這些錯綜復雜的背景下（其中有伯母的期待），看到台灣有「真實感」的科幻小說很稀少，比美國有天地差別。所以剩下的天年將「深奧無比的量子力學、繁雜的分子生物學、人類極欲解套的生理或醫學難題，開啟自古人類夢想的長壽懸案，細胞核內的染色體 DNA 加長的秘密方法（發現者已獲得諾貝爾獎），深奧學問，無與倫比，我用簡化到人人聽懂、看明白，又有悲歡離合的文學故事混合在一起，出版為擁有科幻魅力小說，推出給大眾。是一種科學家筆下的文學小說，而不是文學家筆下的科幻小說。敬請期待手上這本世界獨創性的讀物，精彩有餘，魅力可期。

最後，本書的完成，也有賴三位先生的幫助，作者內心感激不盡。第一位是許大江先生的心靈指導和詞句潤飾，他曾任奇美交響樂團團長，也是一位出色作者；第二位是本書主編孫中文先生的文句潤飾與校正；最後一位則是吳靖雄博士，畢業於美國加州大學柏克來主分校化學博士，他用心將本書不合邏輯的描述，全部刪除。本書第二章感人故事就是他與作者的真實故事改編版。願向三位致上最高的「道謝、道謝、再道謝！」

此外，感謝作者台大化工系同班同學王進賢博士教授、許肅雍博士、朱墉章博士、沈彼德博士、馮方銓博士教授、趙驊博士和前中油董士長及經濟部次長李樹久博士；高中同學生達製藥公司董事長范進財先生、吳啟由先生、前台北市高等法院院長吳啟賓先生、亞細亞蔬菜食品公司總裁林滄智先生，在你們諸位的鼓勵下才完成小作，在此也深深道謝。

林登科 博士後 謹識

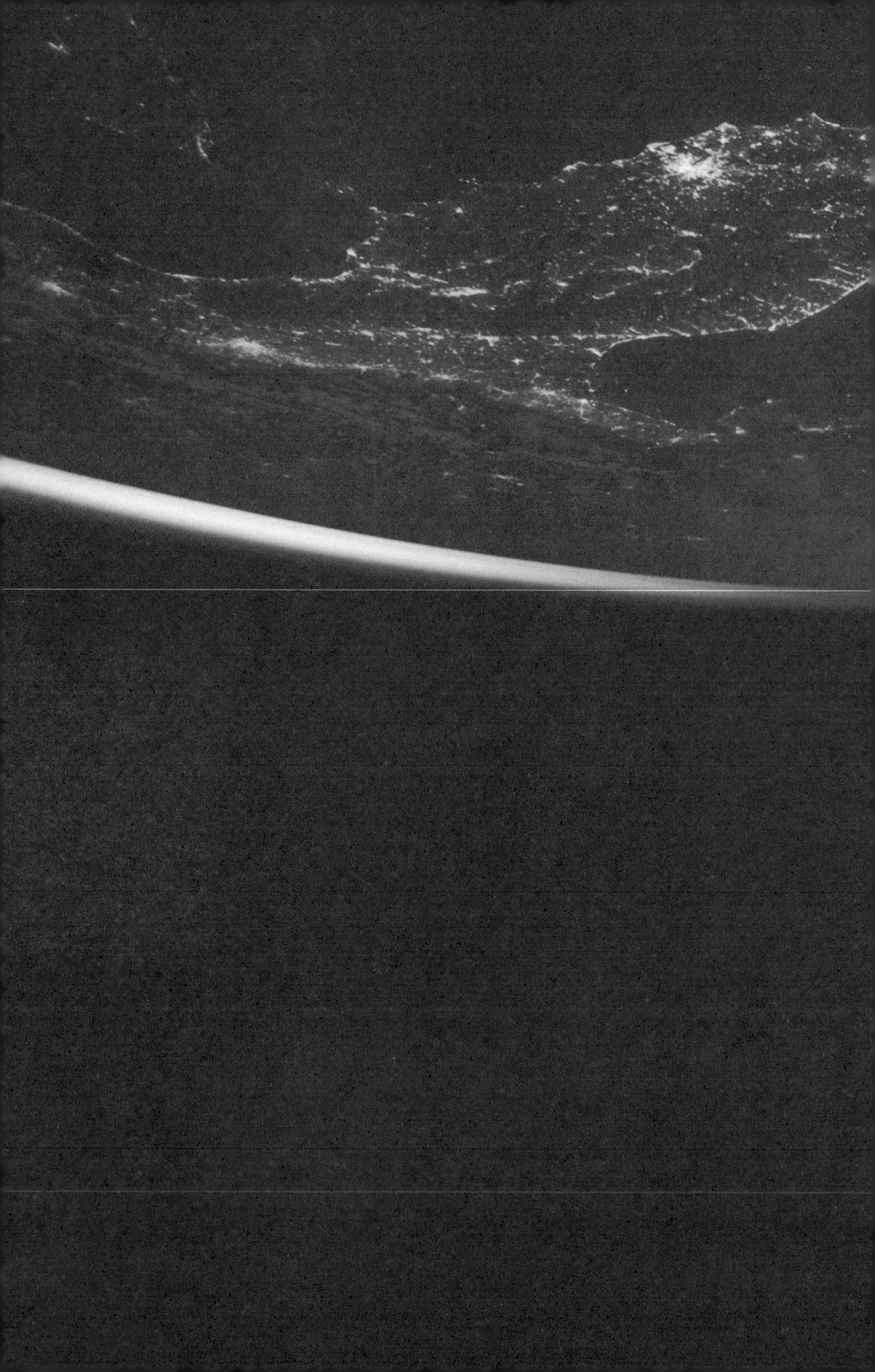

第一章

氫的年代

氫燃料站

那是一個秋日的拂曉。

一顆透明的水滴，在一片葉子上滾動，表面張力使水滴形成可愛的小圓球，這滴溜溜的形狀在嫩綠的襯底之下，有如透明的珍珠，顯出晶瑩剔透。它逐漸滾動至綠葉邊緣，在朝陽照射下，離開蒼翠碧綠誘人的葉子，往下墜落。

大衛拿著一個輕薄的新型影像感測器（Image sensor）長方片①，凝視著水滴，在它脫離葉面的一剎那，長方片捕捉到了水滴的瞬間姿態。這是很珍貴的小水滴。美國各地鬧旱災，唯獨位置偏北的五大湖，還有些潮濕水氣，秋季本是露水較多的季節，偶爾也會發現綠葉載負小量的露珠。

這裡是底特律市鼎鼎有名的百麗島公園裡的濃密林區。

「哇！」大衛忍不住驚呼，這顆繽紛的水滴，似乎在訴說著過去的地球，曾經多麼美好。大衛所處的西元 2095 年，地

① 影像感測器 (Image sensor)：2095 年，人們旅遊不想身帶手機拍照，很麻煩。於是發明了，由很細小的矽晶圓製造的影像感測器，裝在如箭牌口香糖大小的長片，放進口袋或錢包，隨手拿出來拍照。是時代進步，人的想法也跟著進步，流行一陣的手機也消失了。要出門專心拍照而已，何必家裡有用，沒用的物品都帶在身上。手機裡什麼都有，變成落伍的象徵，只有年老長輩者還在使用。

球少了很多光彩，更準確一點說，是一個全球能源短缺，恐慌愈演愈烈的年代。

大衛正沈思在這張影像感測器的特殊攝影中，微微欣慰；他又攝影到了一張獨特的球形粒子水珠的大圖像。這張有如地球從外太空攝得的全景樣貌的彩圖，包括他以前所拍攝的每張所呈現的，顯出多彩紋路，各自殊異，展露出唯一無二的自我存在的 3D 美感。

從他所研究的物理學基本粒子，他所瞭解的微宇宙，似乎這小球體正是由億萬微粒子凝聚成的繁雜世界。其實更正確地說，這其中又是佔有多大的虛空的間隙，而成全了這顆小水珠的宇宙圖樣。正是所謂的尺幅千里，一寸可容萬里乾坤。微粒呈顯大千世界，這樣的體悟，更讓他加深，身為科學家的任重道遠的服務社會職責！

2095 年，石油、頁岩油、天然氣之類的不可再生能源都快被人類消耗殆盡了，這使得生活和經濟型態產生極大轉變。汽油價格的飆升，一加侖高達美金 48 元，沒有人願意使用汽油開車。取而代之，「氫」逐漸成為全世界最主要的能量來源。科學已進步到使用改良的輕質廉價金屬：鎂元素、鋰元素及其他更廉價的混合輕質金屬吸附氫元素，克服了用很重的容器裝很輕的液態氫，以及高運送費的難題。

有人說原油還可使用 500 年之久，那是指可能藏在地球深處的原油，開採費用驚人，一但氫氣能源來臨，聯合國負責機構一定禁止使用高價的石油，因它是污染空氣的主要來源。

自從有了科學之後，化學家就研究出將水電解，獲得氫氣和氧氣的方法，不過，由於要投入的能量多於回收的能量，是一門虧本生意，商業化無望。

直到一種進步的光觸媒②——詭譎半導體③的發明，利用了無需費用的太陽光，照射到該種進步的光觸媒，光的能量經過光觸媒的化學作用將水分子解體獲得氫氣和氧氣，這是人類在公元 2085 年的最偉大發明，也使得人類懂得利用水來做為汽車燃料的年代從此開始④。

而這發展 100 年以上的「半導體」雖然給人類帶來了文明，可也帶來災難！說穿了，它最初始的原料就是地球上的矽砂⑤。

---

② 光觸媒 (Photo catalyst)：日本科學家在一百五十年前發現，經過了各國漫長的研究，才在 2095 年前的十年內研究成功。它利用不需花錢的陽光，使水分解成氫氣和氧氣，解救人類能源危機。

③ 半導體 (Semi-conductor)：所有物體可分三種類：1. 全導電體，如金屬銅、鐵等；2. 不導電體，如塑膠、橡膠；3. 半導體。用全導電體的電器品，閃電時常導電而爆炸，應用困難重重。半導體不使用時不導電如塑膠，很安全。使用時，躲在原子裡的共價電子才跑出來到導電帶形成電流供人使用。最早半導體材料是矽晶，在地球上的含量頗多。

④ 陽光照在光觸媒，使水變成氫氣和氧氣，燃燒產生的熱量，使用 2085 年才發明的新型內燃機，99.9% 轉換成機械能，使汽車輪，轉動前進。這是本故事主題之一。已經不需要電動車，汽車使用水做燃料，零污染。

大衛將影像感測器長方片放進口袋，離開百麗小島公園，驅車回去韋恩州立大學附近住處。

大衛約莫 28 歲，是一位亞裔博士生，同時具有美國與台灣的雙重國籍身份，他總是穿著 polo 衫和休閒長褲，全身上下整潔而簡單，他把住屋房間整理得有條不紊，電腦裡的資料存放方式也同樣條理分明。他認為整齊的環境有助於思考，避免被多餘的訊息干擾，導致減低處理事務的效率。

大衛走到住處大門前，他的眼鏡上顯示開鎖訊息，大門監視掃描了大衛的瞳孔，確認他的身份，然後眼鏡片上浮現出字幕投影到大衛舉起的左手掌心，大衛伸出右手食指按鍵確認後，大門立刻開啓。

大衛不喜歡戴隱形眼鏡，盡管幾乎鮮少人戴眼鏡了，他還是喜歡戴著眼鏡。由於眼鏡片不像隱形眼鏡那樣貼附著在眼球上，有時候讀取鏡面出現的訊息會比較不順暢。這是唯一的麻煩，但仍沒有改變大衛的選擇。

大衛回到房間，取出口袋裡的長方片，連結眼鏡片的網路，點選了幾個鍵，然後從一台小機器中，印出剛才拍的水滴照片。大衛查看並確認在照片邊緣印上的日期與編號無誤，將照片放入一本相簿裡。

---

⑤ 在海灘裡的「土」就是比較純的矽砂，而在農田裡的「土」是泥土，除了矽砂，它還含有很多雜質，譬如農作物需要的礦物質。

此時，正想準備早餐，好好享受一頓悠閒的早餐。大衛的鏡片上出現來訪訊息，面前投影出一個女子的身影。

麗莎是大衛的同學，美國白人，和大衛年紀相仿，她留著一頭褐色過肩的中長髮，濃密的長睫毛下，有著一雙靈活的褐色眼球。潔白緊身女襯衫和黑色牛仔褲顯出她穠纖合度的性感身材。

大衛開門，麗莎甜美地笑著，「嗨，大衛！」她開心地擁抱大衛，大衛將她摟進懷裡。

「我想吃白色的饅頭，包豬肉的，那個叫什麼？」麗莎問。

「刈包。」大衛說。

「對對對，刈包。」

「見面第一句話就要吃，妳真的是愛吃豬。」大衛笑她。

「豬不會吃豬肉，我才不是豬。」麗莎反駁：「一大早就趕緊過來，還沒吃早餐，很餓哪！」

大衛牽著麗莎的手進入屋內。大衛從冰箱拿出刈包、酸菜、焢肉等，放入電鍋蒸，接著開始研磨咖啡豆。

麗莎瞧見放在桌上的相簿，拿起來翻閱。

「這是你剛才拍的？」麗莎指著那顆彩虹光芒的水滴，「這個顏色實在夢幻極了，不可思議。」

相簿裡還有許多水滴的照片，有的透明晶亮，有的是映著花影，有的顯示出地球儀的模樣，五花八門，繽紛無比。

「你很喜歡拍水滴噢。」

「不知道未來那一天，再也拍不到這樣的照片。」大衛喝著咖啡，輕輕嘆了一口氣，他遞了另一杯咖啡給麗莎。

「別擔心，我和你都活不到那時候。」麗莎喝著咖啡，「人類早在那之前就會滅絕了。」

麗莎從電鍋裡端出熱燙的食材，動手將餡料夾進刈包裡，一邊道：「我們先好好享受早餐，待會兒要準備明天和教授開會的資料呢。」

兩人開啟網路新聞，各地消息投影在一個半透明的屏幕上，是 3D 影片。

一家玻璃製造廠偷偷使用氫燃料被警方發現，警察準備開罰單，玻璃廠老闆不服，和兩位警察大聲爭論。

警察甲：「氫燃料還在初期使用階段，產量還不足以供應工業使用，目前只開放用在交通運輸上，你們這樣偷用是違法的。」

玻璃廠老闆：「天然氣變成那樣貴，誰買得起？那些政客為了選票，討好選民，就只開放車子使用氫燃料。我們製造業明明更重要，你不讓我們使用氫燃料，是想讓我們餓死？」

其他工人也怒不可遏，跟著起鬨，開始推擠警察。

警察乙見狀，朝空中開槍嚇阻眾人，警察甲，開出巨額罰單給老闆，說：「我們只是執行議會法令，其他的也無能為力。」

接著下一則新聞則出現加拿大溫哥華發生萬人大暴動的場景，成千上萬的民眾集結在街道示威抗議。

原來，溫哥華是許多富翁選擇移民的天堂，除了過去曾被譽為世界上最適宜居住的城市，另一個原因是，在這裡可以自由地炒房價，政府不聞不問，只管收大筆稅金。當城市裡的「加氫燃料站」排了等待的車輛陣，氫與氧逐漸供不應求，炒房地產獲益高手乾脆開始炒作氫燃料。他們用大筆金錢買下幾十部二手老車，每天去加氫燃料站排隊，再以高價轉售，賺取價差，獲得暴利。愈來愈多人買不到氫，無法開車，民怨四起，最後眾人集結在街道，向政府示威抗議，引起暴動。

「如果我們能研發出更進步的製造氫燃料的技術，就會成為業界首富啦。」麗莎打趣地說。

「我哥哥就是這方面前衛的專家。」大衛顯示驕傲的表情。

「就是因為這樣，大家才會拼命搶奪水資源啊，唉，地球都快要乾了。」麗莎說。

「我不是指用二氧化鈦當光觸媒的半導體，我是指用其他更高層次的技術製造氫氣。」大衛說：「我大哥彼德獲得普林斯頓大學的物理博士後，在 NASA 研究室裡已發現了很多種類的光觸媒，其中有一種詭異神奇的材料，很有效的把陽光能量集中射上光觸媒半導體表面，產生化學能再把水分子轉換成氫氣和氧氣。因為屬於 NASA 的專利財產權，現在還不能洩露秘密。等商業化量產後可使人類過著充裕能源無牽無掛像孩童時代的歲月。」大衛又再一次驕傲的說：「陳舊技術，用二氧化鈦充當光觸媒，已快進入博物館成歷史了。光觸媒材料一定是半導體，但不是所有半導體是光觸媒。」

這時新聞繼續播報：「加拿大本來是水資源豐富的國家，由於全球面臨缺氫缺水的窘境，大地久盼甘霖。加拿大曾幾何時也面臨水不夠用的時刻，有時冰融化成水，一片歡樂，有時乾旱難耐，全國陷入缺水狀態，缺水就不能製造出氫氣和氧氣。」

接著又連續播出一個新興國家東斯拉夫國的首都莫斯科的「加氫站」照樣大排長龍陣，不管大的或小的「加氫站」，都排滿大小車子等加氫燃料。雖然以前是水資源豐富的國家，現在也淪落到人民排隊加氫和氧的窘境畢露。

大衛聽罷對麗莎說：「妳知道嗎？不僅加拿大，剛才網路新聞播出的東斯拉夫國以前也是世界級水源豐富國家，他在一個半世紀前叫做蘇聯，它包含了幾十種民族，他們的民族性格迥然相異，其中最有名的三個區域是俄羅斯、烏克蘭和白俄羅斯，由民族性相仿的東斯拉夫民族佔據多數。經過了約莫 50 年的歲月與美國、西歐聯盟對抗競賽太空爭霸地位，不敵美國雄厚的經濟實力，最後瓦解成立了好多獨立國家，俄羅斯是最強的一國，一直耿耿於懷，念念不忘憤恨美國強權霸道。所以在 5 年前，俄羅斯、烏克蘭和白俄羅斯又聯合起來組織一個東斯拉夫民族新興國家，名字東斯拉夫共和國，其目的要和美國對抗。有了上次痛苦經驗，這次只有三個純粹東斯拉夫民族組合成半民主半獨裁的國家，很像大多數中東國家和南美國家，美其名為民主國家，卻行獨裁政權之實。他們的語言相似，都是東斯拉夫方言，很容易學會對方的語言，文化背景又相仿，與西斯拉夫及南斯拉夫民族有別。背後又有中國撐腰，聲勢浩大，美國最近吃盡苦頭。這段歷史年輕人已淡忘了，但卻在世界歷史轉輪的心坎深處沸騰著。」

大衛說完，新聞主播正好播報起歐洲的情況：「歐洲情況也好不到哪裡去，就西班牙來說，境內的塔霍河、杜羅河和瓜地亞納河都是向西南經葡萄牙流入大西洋，其中塔霍河（Tajo）流經的地方大部分是狹窄水路，西班牙政府在此河流建造了水壩，擋住了水流再引到蓄水庫，水多了就有氫氣。這樣的做法引起了葡萄牙的厭惡痛恨，怒火中燒，本來有豐富的水資源，流經葡萄牙的首都里斯本注入大西洋，現在被西班牙捷足先登。為了人民生死攸關的水源，葡萄牙從西班牙一開始建造水壩時就強烈的抗爭，並要求聯合國插手這事。聯合國也無能為力，因太多國家為了爭鬥水資源，起了衝突，只好自己解決。」

「西班牙和葡萄牙不顧昔日兄弟之情，兩國在邊境重兵對峙，難決勝負。葡萄牙轟炸機還飛到西班牙水壩轟炸破壞。可見為了爭鬥能源『氫氣』，兄弟會翻臉鬩牆。

西班牙投下了大筆資金建造的水壩蓄水庫，被葡萄牙轟炸破壞掉了，立刻派出強大陸軍部隊越過邊界，葡萄牙不敵節節敗退。西班牙也派出強大的海軍進攻葡萄牙首都里斯本，它是國際海港，西班牙陸軍由東向西急速推進，而海軍由里斯本港登陸向東北方向進軍。陸軍與海軍夾擊葡萄牙，眼見西班牙軍隊即將把葡萄牙國土全部佔領。與葡萄牙同語言同種族的南美洲大國巴西開始出手相助。」

「巴西派出一艘航空母艦從最大的軍用海港里約熱內盧出發，艦上載有轟炸機、戰鬥機，也載有轟炸和戰鬥雙用飛機等等，朝西班牙方向駛去。隨後運送上萬名陸軍，準備登陸救援。」

「我的天啊，已經從歐洲擴展到美洲，再來恐怕會波及美國。」麗莎語帶擔憂。

「拜託千萬不要。而且，現在各國都缺水缺氫，軍隊無水可喝，坦克無氫可燃，很快就打不下去了吧！」大衛說。

即便缺水缺氫，但美國國會早在兩年前就通過法案，限制氫氣只能供應運輸業，其他行業暫時使用舊式能源：太陽能、風力能、地下熱能、水力能及核能等等。而工業化的研究，將陽光照射在稀有光觸媒半導體表面，把水分子分裂成氫氣及氧氣的大工程還在起步中，產量有限，還不能全面使用。

工業利益遊說團體登上會議台，要求工業界必須優先使用氫氣，並請求議員們儘速通過推翻前法案，改工業優先使用氫氣。結果導致議員分成兩派，爭鬥不休，甚至暴力相向。經過很久的爭執，重新投票，還是贊成運輸業優先使用。不過議會同時也撥出百億美元經費給研究機構——美國太空總署及國家科學基金會，以加強取得氫氣的新技術。

大衛伸手在空中揮動，手指一點，變更選項至中東區域的新聞。

「中東難民？還有森林大火！」大衛瞠目結舌，內心更糾纏著難言的苦澀，暗中沉思默想：這些位在中東的阿拉伯國家，在前世紀後期及本世紀前期，很多地區擁有大量地下原油，因此十分富裕。他們建造世界最高的豪華六星級酒店，街道上遍布高價品牌汽車。那些國家包括阿拉伯聯合大公國、科威特、卡達、沙烏地阿拉伯等等。

雖然這地帶石油豐富，卻是世界最乾燥之處，沒有淡水湖和淡水河流，他們不得不將賣原油所得的豐厚收入，花在購買價格日益高漲的水。

等到原油賣光，石油也就像一縷青煙，在中東地區消失滅跡。別的地區還有水可用來製造氫和氧，也就是氫能源，而中東沒有石油了，也沒有水，沒有良田種農作物，到處是沙漠，儼然成為人間煉獄。有錢人設法移民他國，窮人成了難民，逃亡到世界各地。

過多的難民擁塞在低價擁擠的渡輪上，常造成船難事件。他們逃亡的路線經南歐、巴爾幹半島、希臘等國北上到較富裕的國家如德國、法國、英國等再輾轉到加拿大和美國。

大批難民造成他國的嚴重負擔，引起國際紛爭。慢慢的，難民也滲透到亞洲地區，日本、台灣、韓國、泰國都出現了難民潮。

不久新聞報導畫面轉到台灣山區，出現空前的森林大火，遍及幾乎一半的中央山脈，是台灣有史以來最慘烈的災難，死傷人數無法估算。

新聞畫面一位台灣民眾哀痛的呼喊：「台灣已經塞進太多人，尤其是一大堆難民，本國的、外來的，根本沒地方住，其實死了也好，大家都解脫。」。

大衛一驚，接著顫抖地伸手用網路訊息聯繫在台灣的家人，確保他們平安。

「還好、還好，他們活著。」大衛因恐懼而加速的心跳一時仍無法緩下。麗莎坐在大衛身邊，握著大衛的雙手，給他力量。看著新聞播出熊熊烈火的空中俯瞰畫面，大衛不敢想像被烈焰肆虐了一半的山脈的台灣，接下來要怎麼辦？

台灣，是大衛的故鄉。他千里迢迢到美國進行氫氣研究，是為了尋求獲取氫的新方法，替這個缺水、高氧、火災、旱災頻傳，政治經濟動亂的危險星球，謀求一些希望。

他沒有想到，噩耗來得這麼快，家鄉也淪陷了。世界各地的災難，如同等比級數一天天加劇，他不確定人類是否來得及力挽狂瀾。

大衛的眼眶湧出淚珠，他緊握著麗莎的手說：「麗莎，我想我們的研究必須加快腳步了。」

「好，明天開會時，把我們最新的計畫告訴德拉教授吧。」麗莎纖細但有力的指掌，給大衛堅定的回應。

甜蜜情侶

德拉教授，是一位氫原子科學家，也是世界級的太空專家。在這危急存亡，迫在眉睫的苦難日漸逼近的年代，他與他帶領的團隊從美國國會獲得了每年一億美元的經費，資助他們進行秘密實驗研究新能源的開發。德拉教授年齡約莫五十歲，中等身材，是個很會講究穿著的教授。早年從普渡大學獲得太空博士學位，主修量子物理化學。他的母校一直被譽為「太空人的搖籃」，校友後來當太空人，是美國學府中最多的。聞名於世的第一位太空人阿姆斯壯是普渡大學的傑出校友。他的那句話將留傳歷史萬年：「這是一個人的一小步，卻是人類的一大步。」

還記得這句話嗎？阿姆斯壯是德拉博士的學長。

德拉教授坐在家中客廳。門鈴響起。德拉的隱形眼鏡投出螢幕呈現兩位陌生訪客畫面，德拉不認得對方，啟動辨識人臉功能，也是查不出個所以然。

「德拉教授，」門外第一位陌生人說話了：「不需要再查我是誰了，我確定你不認識我，我倒認識你！」

德拉吃了一驚，想要按下警衛系統按鈕，通報有不明訪客，想不到這陌生人繼續說：「我勸你別亂動，先看看這是什麼？」

陌生人拿出一個長方片，擺到大門正前方，好讓攝影機照清楚。長方片上照片裡的人是德拉的老婆和孩子。

「明白了吧，我們清楚你的一切。你現在該做的事情是，停止任何動作，然後乖乖跟我們走。如果你不跟我們走，那麼走的就是照片上的這些人。」陌生人說。

「你是誰？」德拉透過對講機問。

「美國人的好朋友，東斯拉夫國情報局。」陌生人揚了揚眉毛，諷刺的語氣說。

「你們想要我們的實驗室？」

「你很聰明。」

「就算我願意幫你也無計可施，實驗室受到美國中情局嚴密監控，即使你殺了我，還是進不去。」

「所以我不會殺你，我只是來帶你走。你放心，你的老婆和孩子會很平安，我們只對秘密研究感興趣。只要你跟我們配合，一切都沒問題。」陌生人說。

德拉遲疑了一下，火速留下一張字條，壓在桌邊資訊紙盒下。他拖延時間地穿上衣。

大門開啟，他主動地走到陌生人面前。

「這才是聰明人的做法。」陌生人對德拉笑了笑，左右各一人挾持把他帶走。

一小時之後，大衛的左手戒指語音收發器響起，是威廉的來電。威廉是大衛和麗莎博士班同學，德拉教授是他們的博士論文指導教授。

「嗨，威廉。」

「你還好嗎？麗莎在你那邊嗎？」威廉問。

「是啊，怎麼了？」

「德拉教授失蹤了，那時他家人剛好不在，他在家裡留下一張字條，然後人就不知去向。師母回家看到字條後馬上通知我，要我告訴你們。」

「字條上寫什麼？」

那從影像器顯示出一張紙條寫著匆忙雜亂的字跡：你們快離開找庇護。通知團隊快逃，保護實驗室。東斯拉夫。

「東斯拉夫？」

「師母他們已經離開家，去尋求中央情報局的庇護了，我在實驗室，很安全。你們小心，東斯拉夫人可能會找上門。」

威廉說完，影音器顯示訊息便結束。

「東斯拉夫國怎樣了？」麗莎問。

「他們似乎綁架了德拉教授，」大衛說：「我們得快點離開這裡。」就在這個時候，門鈴響起。大衛和麗莎不安地對望了一眼。大衛把來訪者的影像投影出來，他和麗莎看著那名陌生男子的畫面。

「我猜你正在看著我，大衛。」男子說。

大衛對麗莎搖搖頭，示意不可開門。

德拉教授已經跟我們走了，大衛，你也一起來吧。」男子說。

大衛在麗莎耳邊低語：「快換上運動鞋，穿上外套，我們要逃亡了。」

「從後門？」麗莎不解，但還是照做。

大衛去櫃子裡拿出一個背包，麗莎也背上自己帶來的背包。大衛帶著麗莎往房間快步走去。

大門外的男子繼續講：「就算你不開門，我們也有辦法進去。」出現了另外兩名男子，站在原來那名陌生男子的兩側，他們手上拿著某種精密武器。「我們可以用微型沉默無聲炸彈（2095 年發明的新武器）將你的門鎖爆炸開，幾乎沒有聲響，不會引起別人注意。我不想浪費昂貴的武器，反正你終究會被我們帶走，你何不自己出來？」

大衛打開衣櫥的門，衣櫥底部的角落，有一個門把。原來那是一個通往地底的門，門的邊緣就是衣櫥的底部的邊界，再加上精心設計的接縫紋路，完全看不出那裡有門。

「這是什麼？」麗莎詫異。

「秘密通道。」大衛回答。

大衛塞給麗莎一個發光器，戴在她脖子上，轉開門把，通道牆裝著一個向下墜的爬梯。麗莎伸腳踏在梯子上，沿著梯子往下階梯，接著換大衛。當大衛全身都進入秘密通道後，他伸手把門拉上，在門把處居然有個可以旋轉的小門，大衛翻轉了小門，門把跟著翻面，於是門把變換在地底下這一面，衣櫥地面神不知鬼不覺已看不到門的手把了。

麗莎和大衛雙雙爬下階梯，站在地底。這是一個徹底黑暗的地方，除了兩人身上的發光器，沒有任何其他光線。

人類鮮少來到完全黑暗之中，麗莎和大衛的心跳加速，他們肩併肩挨著彼此，手臂相鉤，手指緊扣，藉以降低一些恐懼。

「你以前來過嗎？」麗莎小聲問。

「沒有。」

「這個通向那裡？」

「我們的實驗室。」

「我怎麼從來不知道？」

「這是我和德拉教授的秘密。」大衛說。

陌生男子們用微型沉默炸彈炸壞了大衛家的門，他們在屋子裡遍尋不著大衛。後來發現客廳的卓上有兩個馬克杯，杯裡殘餘的咖啡帶著微溫。

「看來有兩個人，而且他們剛才還在這裡。」其中一名男子說

「有後門嗎？」另一位男子問。

「有，但後門是鎖著的。」第三位男子察看之後，回到客廳如是說。

「在逃跑時還鎖門？這太奇怪了。」「檢查看看這間房子有沒有什麼機關。」

三位男子搜尋了一番，沒有發現任何端倪。

「這怎麼可能？他們難道有隱身術？」

毫無所獲的三人，悻悻然離去。

在地底的麗莎和大衛，朝著唯一的通道行走。中間的這段通道約莫是單人床的寬度，不到一層樓的高度，牆面和地面並不平整，加上四周漆黑，使得兩人走得非常緩慢。

「我覺得這裡有點可怕。」麗莎緊抓著大衛。

「我家到實驗室大概是三公里的路程，一個小時走得到。」大衛說。

「以現在速度，大概要走一小時？」麗莎問。

「要加快速度嗎？」大衛提議。

「好。」麗莎豁出去了。

兩人深吸了一口氣，以快走的方式，向前邁開步伐。走在不見天日的隧道裡，充滿詭異的感覺，發光器僅能照亮方圓兩三公尺，再遠一點是無盡的黑暗，精確一點說，是根本看不到任何東西，在這種地方，就算睜著眼睛，也覺得自己是盲的，像是瞎子一樣。

「啊！」突然間，大衛踩到一個窟窿，使他踉蹌跌倒。由於兩人緊緊相依偎，手臂相鉤著，麗莎也被拉倒，趴在地面。

「好痛！」麗莎哀叫，她的手掌擦到地上，磨破了皮。

大衛卸下背包，從裡頭拿出緊急醫藥箱，幫麗莎做了簡單的消毒，在傷口處貼上小塊紗布。

「你的背包裡面裝了什麼？」麗莎好奇。

「醫藥箱、水、乾糧、發光器、發電器、錢、備用隱形眼鏡之類的。」

「哇，你怎麼會想到準備這些？」

「我的故鄉台灣位於地震帶，三天兩頭發生地震，所以我準備了緊急用品，萬一突然出現大地震，就抓著它逃命囉。後來到美國，雖然沒什麼地震，依然維持這個習慣。」

「你以前用過它嗎？」

「沒有，」大衛笑了出來:「等了快十年，總算派上用場！」

「你這些東西放了十年？早就過期了吧！」

「才沒有，我都有定期更新。」

大衛把醫藥箱放回背包，正當他準備站起來的時候，一陣劇痛從腳踝傳來，他發現自己無法站起。

「我…好像扭傷了。」大衛說。

大衛脫下鞋子，果然，他的右腳腳踝腫得厲害。麗莎幫忙大衛將腳踝做些壓迫性的包紮，然後大衛把受傷的腳抬高放在背包上，幫助破裂的微血管減少出血的情況。

「我們先在這兒坐著休息。」麗莎說。

周遭靜謐，毫無聲響。倘若不是聽見彼此的呼吸聲，大衛和麗莎大概會覺得自己在外太空。

「這裡太安靜了，說話吧。」麗莎說。

「我在想，東斯拉夫國綁架德拉教授要做什麼？」

「進不去實驗室，他們會要求教授說出製造暗能量和暗物質⑥的秘密，並且獲得我們的技術。」

「這正是我最擔心的。」大衛皺眉。

「你應該要先擔心你的腳。」

「等腳踝好一點，我們繼續走。」

麗莎若有所思。

「妳在想什麼？」

「我突然想到，沒有人知道我們在這裡。我們可以求救呀，你說，這條通道通向實驗室，而威廉在那裡，不如我們聯絡威廉…」

麗莎從自己的背包中拿出聲音收發器，收不到訊號。「接不通。這裡是地底下，沒有任何有效的網絡，我們來到一個與世隔絕的地方。」

「但我們還在地球上。」大衛說。

「錯，我們是在地球裡。」麗莎說。

兩人一起笑了。

「這種處境，我們居然笑得出來。」麗莎說。

⑥ 暗物質和暗能量 (Dark matter and dark energy)：這些物質和能量占宇宙 95% 以上，天文專家卻對它們一無所知。

在這個真的只有兩個人的世界，大衛和麗莎倚著彼此，被籠罩在發光器形成的光圈中，時間彷彿靜止。

「妳記得我們第一次見面的情況嗎？」大衛問。

「一起喝酒，也一起跳舞…。」麗莎沈醉在回憶中。

「妳還誇下海口說：要當太空人。妳對外太空的形容詞也是『與世隔絕』。」

「記得…。」麗莎閉著眼無力的微笑。

他們依偎著、依偎著、慢慢沈入夢鄉，三年前初遇彼此的場景便在夢中重現。

三年前，博士班開學第一天的晚上，大衛和其他的博士生初次見面，大夥當晚約在學校附近的酒香餐廳（Drink Fragrance Restaurant）用餐。

參與聚餐的人有溫文儒雅的大衛、美若天仙的麗莎、身材魁梧又帥的威廉、骨瘦如柴的希臘留學生安德魯、可愛的小不點蘇菲亞、信仰堅定的牧師約翰、土耳其留學生沙欣（Sahin）和交了個黑白混血女友的亞歷山大。

那間餐廳提供酒類服務，還設有一座小舞池。每一個餐桌上擺設有玫瑰花，紅的、粉的、白的、黃的、紫的，應有盡有，嬌豔欲滴。最特別的是，餐廳在晚上安排了「量子舞蹈」演出，那是一種不尋常的舞蹈。

要明白「量子舞蹈」的意義，首先要從「氫原子」的結構講起。氫原子包含一個位於中心的原子核，和一個帶負電的電子。電子圍繞著原子核，出現在能量最底⑦的 1S 軌道(或稱軌道域)。氫原子核裡面只有一個帶正電的質子。

原子核永遠不可以接觸到電子，當電子靠近原子核，它馬上被排斥迅速離開，當離開得太遠，又會被吸引拉回。受到量子力學的「不確定原則」⑧所約束。

電子的運動途徑無法確定，也就是不能被預測。如果我們將中心點的原子核當作是一位跳單人舞的男舞者，將電子當作是一位也跳單人舞的女舞者。男舞者以卓越的舞藝自由移動位置，女舞者以曼妙的舞步圍繞著男舞者。這便是最簡單的「量子舞蹈的模式」。

有別於大部分的舞蹈，男女舞者互相擁抱或拉手，在量子舞蹈裡，男舞者和女舞者永遠不會觸碰到彼此。

這時，麗莎搖動著曼妙的舞姿走向大衛，輕聲說：「我看到你對著經理說：「我愛『蘭花』」經理還真的，請服務生去花店買蘭花呢！」

⑦ 基態 (Ground State)：電子與中子、質子所組成的原子，是物質的基本單位，電子會圍繞著原子核，但並不會接觸到。因氫只帶一個電子，故只會出現在 1S 軌道。

⑧ 不確定原則 (Uncertainty principle)：要準確測量粒子位置時，粒子的動能就測不準確，反之亦然。

果然不久服務生就回來，擺上一盆白玉色中帶紫色斑紋的蘭花，放在桌面中間。大衛先只微笑以應服務生，突然眼光一亮，她怎會知道，她會談唇語嗎？那是他最愛的品種之一，於是以特異相知的眼神回望她的背影。

用餐間，威廉問大衛：「你來讀博士，畢業後想從事什麼工作？」

「我希望當太空人，去木星或土星是我最大的夢想。」大衛說。

「我想當化學教授，繼續跟德拉教授研究拯救能源危機，發展氫氣的生產新技術，不過，如果能當上太空人，更好。」威廉說。

「以前氫氣是由天然氣或石化油轉換的，後來天然氣及石化油用光了，人類才積極研發由新科技生產氫氣和氧氣的廉價方法。我畢業後想從事此類研究。」麗莎靈活的眼睛一轉，補充道：「希望順便當個太空人。」

「順便？」大衛覺得這位女同學很逗趣。她可能對他敞開心扉之門嗎？

麗莎笑盈盈地輕啜一口葡萄酒。那是 100% 卡本內蘇維濃（Cabernet Sauvignon）單品種，這品種被部份愛好者譽為葡萄酒之王，它的價格合理，廣受大學生喜愛。

「在你們心目中，外太空是什麼？」麗莎問。

「無重力、無空氣的地方。」威廉回答。

「黑色。」安德魯回答。

「不屬於地球的。」大衛回答。

「沒有邊境的空間。」蘇菲亞說。

「我覺得，外太空是與世界隔絕的地方。」麗莎幽幽地說。

酒精催化之下，大夥愈聊愈多，愈講愈深…。

「氫元素不容易單獨存在，科學家的貢獻是發現氫元素和鎂接合比例很高，而鎂較鋁還輕，可使用鎂載負氫元素，也就是氫元素和鎂合成物之結合。這項突破使得氫，能大量由管路輸送或公路運送到加氫站，普遍成為汽車的燃料，不然液態氫那麼輕，而運送容器卻那麼重，運送經濟效益不大。」大衛說。

「硼氫化鋰的回收再充填氫氣的技術，經過集體科學家研究突破了瓶頸，氫燃料才蓬勃發展起來。」麗莎說。

「世界沒有宗教還可以生存，如果沒有科學，人類還停留在原始農牧社會，用箭獵殺動物，馬車沒有輪胎，人類到老個個腦震盪成痴呆人，更不用說各國還停留在帝王制度。沒有工業，農民生活如牛、馬，工人根本不存在。人類應該感恩科學家。」安德魯說。

「在我們有生之年，人類頂多在太陽系內逛，距離最近的恆星要 4.22 光年⑨那麼遠。就算用現在最快速的太空船，也

得要幾萬年的時間，才能到達太陽隔壁的鄰居。」威廉說

「除非人類發明如光速那麼快的飛行器，否則百年之內困在太陽系內。除了地球之外，如果在太陽系內找到有智慧生物體，就證明上帝存在並照顧太陽系。」蘇菲亞說。

「如果沒找到，那麼天堂就不在太陽系內。」大衛說。

「這句話聽起來是無神論的調調，」安德魯說：「我小時候受洗過，舊約與新約不知重覆讀過多少遍。長大以後，轉而讀一些無神論的書籍，吸收他們的觀點。」

安德魯繼續說：「無神論者最大的基石就是『科學』，人類社會出現宗教時，都是在科學不發達的時代，宗教創始人的科學知識不足，常創造一些不合科學邏輯的神話。後來科學的解釋一個一個被發現，宗教人士卻矢口抵賴，死鴨子嘴硬不承認，甚至採取高壓手段，像是處死刑之類。最後紙包不住火，一個一個讓步給科學，去修改教義。」

一陣沉默後，大衛說：「人類幾千年來都在進步，下一代的人會比這一代的人聰明。古代能活七十歲的人寥寥無幾，

⑨ 光年 (Light year)：太空距離非常遙遠，常使用光年計算距離。1 光年即光線奔馳一年所經過的距離。光線一秒鐘可以繞地球 7.5 圈（30 萬公里），那麼光一年可繞地球多少圈？ 7.5 圈 x365 天 x24 小時 x60 分 x60 秒 =236,520,000 圈，即約莫 2.36 億圈。

屆指可數，近八十年前，平均壽命已達八十歲，看看現在的人，大多數都活九十歲以上，超過百歲的人瑞已是平常的事。這是科技進步所帶來的醫療貢獻。所以，五百年後的人類會進步到無需依賴宗教的力量來約束道德觀，因人類已進步到很高的道德水準，可以說到達『神』的基準。耶穌的神蹟如屬於有科學根據的，將被人類發明出來，譬如摸摸頭，頭痛就痊癒之類醫療法將在500年後實現。」

麗莎接著講：「我同意人類以後會進步到接近神的境界。另一方面，過去的『神』卻一直在退步，總有一天，宗教自然會萎縮消失。」

安德魯站起來走向麗莎邀請她共舞一曲，他們兩人手牽手走入舞池跳舞。跳舞完畢，兩人回座。緊接著是探戈舞曲，大衛站起來走到麗莎面前鞠躬請她共舞。威廉也請蘇菲亞一起跳舞。

阿根廷探戈的音樂響起，不少人從舞池離開退出。有個不認識的男人，邀請麗莎共舞。樂曲節奏一下快一下慢，身體的扭動及旋轉令人眼花撩亂。兩人步伐有時交叉，有時互相踢腿，美極了。舞伴彼此靠得很近，但並不對看，頭是快速左右擺動，看著兩旁深怕被別人發現。

麗莎好似一朵火紅的玫瑰，美艷性感，嫵媚神態讓人無法將目光從她身上移開，她的舞蹈氣質裡藏著一種傑敖不馴，忽遠忽近，捉摸不定。如同彼此靠近卻也彼此較勁的阿根廷探戈，也如同不可碰觸，卻也不能遠離的電子與原子核。

大衛這時候以他一貫地冷靜科學分析，或邏輯的推理演繹，全都使不上力了。只能縱容自己一下，放空理性思維，盡情地釋出他各種感官觸覺去接收和體會。

朝著麗莎，從遠遠望著她有節奏地順著音樂旋律輕擺搖幌的身影，到靠近她時，聽她柔情的說話語氣，紅潤雙唇微張蠕動著，更接近地目光交匯。她眼眸凝注著大衛。

在這些與異性的認識交往過程，也只有她才是唯一馬上觸動他內心深處的一股驚蟄蠢動的慾念。大衛就是在那時候深深受到麗莎不馴的性格所吸引。

麗莎突然驚醒，四周是一片死寂的黑暗，她搖醒在身旁的大衛。

「大衛，發光器不亮了。」

大衛從自己的背包中找出另一個發光器，開啟開關，遞給麗莎。

原來他們倆不知不覺睡著了，不曉得在地底隧道裡待了多久。大衛摸摸自己的腳踝，腫脹的情形似乎消了一些，於是他扶著牆壁試圖站起來。

「你可以嗎？」麗莎頗為擔心。

「還行。只是沒辦法快走了。」大衛試著走了幾步，將重心盡量放在左腳，讓受傷的右腳少出點力。

此時，兩人已經適應了黑暗的環境，膽子也比剛進地道時再大了一些，他們繼續相偕而行。

「為了氫，我們真是吃了不少苦頭啊。」麗莎邊走邊說。

「我在想，氫到底是什麼呢？」大衛說。

「最輕的元素。」麗莎接著說。

「原子序是1。」大衛又說。

「宇宙中最常見的化學物質。」麗莎又答。

「氫原子是由一個質子和一個電子組成，沒有中子。」大衛繼續說：「小時候總是把原子核聯想成恆星，把電子聯想成行星，以為電子繞著原子核，就像是地球繞著太陽轉。後來才知道這是大錯特錯的！」

「我也是，」麗莎附和。「直到瞭解電子雲⑩的意義，才知道電子是隨機出現。」

「那簡直太神奇了。」大衛回想著他看到的影像：「氫原子靜態電子雲，燦爛輝煌，好美。」

他們繼續摸索著向前進，但突然間唰的一聲，大衛不慎跌進地下半公尺深的溫泉水潭。

---

⑩ 電子雲：這是電子軌道或電子軌域的非正式名稱，但比正式名稱被認為較傳神。因為它外表很像一團變化莫測的雲朵。

溫泉的水，溶著高濃度的硫化氫毒氣，是一種劇毒。大衛馬上昏倒，麗莎閉氣，勇敢地拖他上來，怕他會中毒更深，用力地連拖帶拉的退離 10 公尺遠，搖他的頭還是不醒，撫著幾無氣息的身軀痛哭流淚，哀嚎聲在地道裡回響，淒涼萬分。

忽然，麗莎停止哭泣，想起大衛曾說他的背包是地震逃亡用的，地震時房屋倒塌了，瓦斯管會破裂，他應該備有防毒面具。趕快從他背包倒出所有物件，果然發現一個。麗莎是學化學的，知道硫化氫中毒之後約一個小時內，提供充分氧氣，中毒者還是能夠被救活。硫化氫氣體很重，只沈積在水面上，它不會大量揮發到空氣中，大衛掉進水中才中毒。

「大衛，我很快就回來！」麗莎心想，並一邊戴上防毒面具，在黑暗空間急速走過充滿少量毒氣的 10 公尺小路。跑著跑著，她發現一座往下的水泥階梯，緊接著往右邊又是一座更深的水泥階梯，只要下了這個地下階梯，就能到達實驗室了。

接著，麗莎發現一個金屬質地的小暗門就在階梯的底部，麗莎喜出望外，拍著暗門大聲呼叫：「威廉，救命啊！」

「怎麼啦！」威廉聽到喊聲，立刻又驚又喜的回應。

原來在實驗室的一個陰暗角落也有一衣櫃，角落有一個暗門通往地下道，麗莎就在底下放聲大哭：「趕快開門啦，大衛快要死了，趕快開門呀。」她用力敲門讓威廉聽到。

威廉開門，麗莎從地下道爬出來，滿臉淚水說：「大衛昏倒在地下道，你趕快戴上口鼻防毒面具，多帶一個給大衛，再帶一個氧氣桶，立刻跟我到地下道救大衛。對了，再拿兩個發光器，這些東西實驗室裡隨手可得。」

麗莎說:「現在不多說話，我們和時間賽跑，快、快、快。」

威廉立刻帶上氧氣筒和防毒面具，和麗莎合力地從地下道把大衛救回來，並立刻將德拉教授被綁架消息，再次通知中央情報局，並呈報他們三人平安。

間諜的纏鬥

大衛獲救後，麗莎暫時鬆了一口氣，兩人和威廉在德拉教授住家地底下的實驗室開始計劃營救德拉教授。

大衛在生死關頭走了一趟，非常感激麗莎和威廉救命之恩。他憶起在念碩士的實驗室裡，不慎聞了一小口氰化氫毒氣，回到宿舍嘔吐了一小時，把胃裡所裝的已消化的和還未消化的食物殘渣都吐得一乾二淨，好似連胃腸都要吐出，這是以前美國監獄處死，死刑犯使用的劇烈毒氣。 鮮少人聞了氰化氫毒氣還能活過來，大衛可能因那此的經驗而對毒氣有了免疫力，所以在硫化氫毒氣中毒昏迷了快一小時還能還魂過來，簡直是神奇莫測。

但德拉教授下落不明，三人臉色凝重，開始討論營救計畫。

麗莎說：「東斯拉夫國間諜捉了德拉教授，目的無非想借重他的專才研究和發展，來取得氫燃料的進步方法。」

大衛：「他們會急著送他去莫斯科。我剛從世界飛航網路獲得消息，下一班次東斯拉夫航空從紐約甘迺迪國際機場直飛往莫斯科市是下午6時20分。根據我的判斷，德拉現在還被押在底特律機場旅社，等待飛往甘迺迪機場的國內線，再轉機直飛莫斯科的東斯拉夫航線。」

威廉：「那！ 我們趕快阻止呀！ 」

大衛按著戒指語音器，手掌上顯示一組密碼直通美國中情局，與中央情報局的秘密局員通話不得直呼其真實姓名。

「哈囉！ 美隆（傻瓜），我們逃脫了。」

美隆：「你們在那裡？」

「在實驗室，趕快營救德拉教授。」大衛口氣很急躁，說：「我們想他應該在底特律機場的旅社裡。」

「我們已派出二位秘密局員進入該旅社待機行事」美隆：「不過不能張揚，不曉得住在那個房間。」

「我有辦法查出來，現在趕去旅社營救教授。」大衛回答。

「實驗室出口是地面上德拉住家門口，敵人殺手會不會在門口守株待兔。」大衛對著威廉說。

威廉皺眉頭：「怎麼辦？」

大衛突然想起，德拉曾告訴他實驗室還有另一出口通道，往底特律市地下水道。

「趕快找一個暗門可以通向地底下水道。」大衛很興奮地打開網路銀幕搜尋，手指快速點撥。

「找到了。」麗莎神采飛揚，欣喜若狂，大聲叫喊：「你怎麼知道這麼多關於德拉的秘密？」

「他早有預感會出事，先讓我知道以防萬一，並交代愈少人知道愈好。」

三人於是穿越了底特律市地下水道，直奔底特律機場。

「德拉穿的上衣很詭譎，襯衫有一個鈕扣特別是耐高壓鋁合金的材質，內裝有液態氫。」威廉驅車奔馳高速公路向底特律機場時，大衛對麗莎和威廉說明。

「你怎麼知道？」麗莎發問。

「德拉告訴我的。他還給我一支半導體搜索器。如果接近那顆鈕扣十公尺內，半導體搜索器就發出紅色訊息。」

大衛把那支搜索器交給麗莎。再繼續說：「妳潛入旅社，想辦法穿清潔人員服裝，走到每一個房間門口，如果它發出紅色訊息，妳就找到德拉了。」

為了避免人數過眾打草驚蛇，大衛留在外邊停車場作為後援。威廉和麗莎偷偷潛入旅社爬上二樓進入清潔室，關門。當麗莎穿上清潔女工的衣飾後，照鏡子顯出美艷服務生的身材，轉過頭來剛好貼進威廉的臉，麗莎調皮地向他示愛，索吻。威廉差點被她吸引，但威廉還是輕輕地推開她，正事要緊。

由威廉在通道尾端守候，由麗莎去搜尋。麗莎終於發現那個特殊房間，房號 212，立即通知大衛和威廉，而且趕緊回去清潔室，換衣服。

大衛不慌不忙對著他的戒指語音器，通知中央情報局，指揮處理。他們三人輕鬆離開旅社，剛啟動汽車時，轉瞬之間，他們聽到後頭傳出兩聲槍響，兩名美國搜救探員各開一槍，瞬間擊斃東斯拉夫兩名間諜，營救德拉教授的任務完成。今後中情局即安排隨身密探暗中保護德拉教授及其家人。

這營救德拉教授的事件，並未在大眾媒體宣佈，避免造成更大的爭端在兩大國之間被鬧出來。可是，暗地裡還是暗潮洶湧地直到很久很久以後！

而大衛和威廉兩人經過這番共同勇猛經歷的驚險過程，更生出了一份友誼，為了互相照顧及研究切磋，大衛決定搬進學校宿舍與威廉當室友，展開未來有如兄弟般的感人情誼。

經過幾天的平息安頓好心情後，大衛突然想起自己在地底中毒的事件，他家附近絕非火山地帶，為何地下隧道會出現硫化氫毒氣，十分疑惑。於是，大衛打戒指型語音收發器問以前的鄰居湯尼。

大衛：「嗨！湯尼，我是大衛，前幾天我發現地下有硫化氫毒氣，你知道附近有工廠嗎？」

湯尼：「有一家。」

大衛：「是製造什麼產品？」

湯尼：「印刷電路板。」

印刷電路板製程使用高腐蝕性溶液，溶解導電銅箔，而溶解液廢料中所含硫化物進入廢水池，如果廢水池有裂縫，滲入地下隧道，過程中產生硫化氫毒氣。

大衛：「湯尼！你快趕快向環保單位檢舉，那家工廠排放硫化氫毒氣進入地下隧道，對你那附近有很大的傷害。」

於是，環保單位查看了該廠廢水處理程序，發現犯了嚴重錯誤才導致硫化氫毒氣的產生，副產品滲漏地下，危害土壤環保，涉及員工及附近居民生命安全，故重罰一百萬美元罰款，並勒令停工至廢水處理程序更正。整個程序的更正，至少耗資百萬美元。總共還需出資最少二百萬美元才能復工。

這家工廠老闆史蒂芬曾因吸毒及販毒被抓去坐牢兩年，在監牢裡服刑期間認識了一位犯人愛德華，也是同罪入獄，愛德華因罪刑較大，服刑期長，在牢獄裡是老大哥，對吸毒或販毒服刑的小老弟都很照顧。

三年前史蒂芬出獄前，富翁老大愛德華對他說：「出去後找我徒弟安東尼（Anthony）一起投資並經營『來電印刷電路板製造公司』，我出資，安東尼提供製造技術。你經營銷售，獲利各分得三分之一。作業員工由我來指派，都是服滿刑期的販毒犯，我會要求他們互相監督，如果再吸毒，立即開除不得再任用，檢舉者升級。」

開始兩年有盈餘，老大愛德華很開心，今年虧本，他很不爽。被環保單位罰金一百萬美元再加上修護大型廢水處理池也需出資一百萬美元，甭想他會出資了。

於是「來電公司」老闆史蒂芬到監獄探望背後真正老闆時，愛德華對他大嚷：「把工廠關掉了。」愛德華說對了，這種工廠的工作環境很差，也只有受刑人待得下，美國剩下只有「來電公司」一家還在掙扎生存，其他早在百年前陸續就遷往國外生產了。想不到大衛因在這次中毒事件，導致檢舉而引起「來電公司」停工，替美國人民將這骯髒有毒的電子化工行業從美國領土驅逐出境。

第二章

友情和愛情

肝膽相照

這一天，研究室的工作，暫告一段落，大衛沒事幹，想喝紅酒慶祝上次檢舉成功的污染事件。因為最近不少的密支根州網路新聞以顯著頭條新聞報導大衛和他的前鄰居湯尼打垮了製造高污染的印刷電路板工廠。

這工廠不僅排出硫化氫毒氣，還有高危險性的含重金屬廢水。工廠是由犯罪集團經營，居民敢怒不敢言，恐懼被殺，不敢向環保單位檢舉。大衛和湯尼替居民除害，掃除地頭蛇和惡霸工廠，成了居民心目中的英雄。大衛約湯尼及威廉在酒香餐廳用晚餐慶祝，沒有邀請其他人。

用餐時，恰好有另外三名不甚熟稔的同學，要求同桌共餐。用餐後，大家聊天。同學甲突然向大衛說：「你在追麗莎嗎？」

大衛：「這種問題很無聊。」

同學甲：「你不覺得人家不愛你嗎？」他略帶挑釁地瞪著大衛。

威廉的臉色怪怪的，說：「關你啥事？」

同學乙的手，指向同學甲，說：「他也想追麗莎。」

大衛容忍，淡淡地說：「你有本領，就去追。」

同學甲：「你要對外宣稱不再追麗莎，因她說只要有大衛追，別人甭想追她。你必須公開宣稱，我才有機會。」

大衛再忍住沖天怒火：「你再多說，就對你不客氣。」並稍微將座椅移開。

同學甲吆喝一聲，竟然先出手，一拳揍向了大衛，大衛立刻退後閃避，接著其他兩個同學也赤膊上陣左右揮拳毆打大衛。大衛一一曲臂擋住。

威廉見狀也加入戰局，將大衛擋下一旁，宏聲說道：「我一人就可以應付你們三人。」

一場激烈鬥毆開始，威廉身材魁梧，以一人對三人，用腳踢，拳打的互毆，拉扯糾纏，難分難解。正相持不下時，大衛也加入戰局，立刻分出高下。最後，威廉和同學甲手腳受傷嚴重，瘡口還流出鮮血，很快地急救車把二人載送到附近醫院包紮急救。因注射了抗生素，晚上需住院觀察治療，結果兩人還住同病房的相鄰兩床。

在病房裡，兩人經過護理包紮安置，情緒已較穩定，可還有心結待解開。同學甲說：「這是我和大衛私人的事，為何你要介入？」

威廉：「大衛是我的室友，待我恩重如山，他的敵人形同我的仇敵，如果你不退出，我會和他聯合對付你。你絕對不可以和他爭女朋友麗莎。否則…」威廉話語帶保留，不想再挑起敵意。

同學甲：「那到底是怎麼一回事，你先要說服我。」

威廉關掉病床邊的燈，開始娓娓道出他和大衛這幾個月來發生的故事。

每學期的量子化學課程已評分的考試成績單，都放在德拉教授辦公桌的左前角，威廉一腳踏進教授辦公室，就瞧見評過分數的考卷上下堆在一起，最上面的一份成績單，看得很清楚是 A+。德拉喜歡將最好成績的考卷擺在上面，有表揚之意。

威廉拿起最上面的成績單 A+ 看，果然又是大衛，每次量子化學考試都是大衛獲得唯一無二的 A+。只好不高興的把成績單塞給大衛，雖然我自己拿了 A，雖是第二高成績，仍覺茫然若失。

威廉和他是室友，下課後都一起走回宿舍寢室，再相約到學校餐廳用午餐。他們的宿舍是兩人住的單身房，沒有廚房，只有兩個小型電冰箱，兩間套房，他們都在自己的套房內讀書。平常雙雙同進同出，情感上形同兄弟，生活上，彼此互相照顧。可是，大衛和威廉讀書時相互是競爭對手，所以自修時互不往來。某次，兩人到酒香餐廳的路上，威廉喃喃地說：「這學期成績平均就是只差一堂課 A+，平均起來就有 A，獎學金就不會被取消。我期待『量子化學』這門課拿到 A+，就可以繼續獲得獎學金。但德拉教授的作風，每堂課只能給一個 A+，但目前為止都是你包辦的。」

大衛回道：「我一點也沒感覺那麼嚴重。」餐後回宿舍，大衛在看臥室裡牆上掛著每年的校長獎，語重心長的說：「要拿到此獎必須拚命獲得所有課程都是 A+，即所有選修的課都拿到 A+，再準確的說，該學年度每科的分數都是 90 分以上，不是平均分數，而是每科都是 90 分以上。這是光宗耀祖的，但是需要嘔心瀝血的心思，很艱難困苦的事。人家拿到這種獎狀都會懸掛在客廳炫耀，我卻掛在自己的臥室勉勵自己而已。」

「這就是你的個性，不會炫耀自己。」威廉若有所思，低頭說：「如果下年度的獎學金被取消，我的學費和生活費的來源就被中斷，而我老爸和老媽無法供應我自費，我可能要輟學去打工了。」

大衛再看看牆上掛著的那些獎狀，舉手觸摸。忽然問威廉：「週末去拜訪你家，好嗎？」

威廉一口答應：「好呀！早就想邀請你到鄉下我家玩。」

接著來到一個星期六，威廉駕駛那老舊車載著大衛，沒拿什麼行李，老家離學校車程約兩小時，並不很遠。

晨曦初露時出門，暮色蒼茫時回來。車子經過的地方綠意盎然，路邊遼闊無垠，綠草如茵，湛藍如雨洗後的天空飄著片片白雲，沒看見農夫忙著農作，大概還沒到收獲的日子。兩小時很快就過去了，已到達威廉的家鄉。

威廉的父親和母親站在門口迎接今天的嘉賓和久別重逢的兒子，當然互相溫暖的擁抱一下是免不了的。房子外觀是一個普通農舍，門口有一片花園，種很美麗的花，有康乃馨、玫瑰、藍紫色的薰衣草等等，噢！還有盆栽蘭花，一片旖旎風光。進入屋內聞到一股撲鼻的烤牛排香。陳設家具擺設得很整齊，是典型中下階級的家庭擺設，再帶一點鄉村韻味。

午餐間威廉父親輕聲地對著坐在一旁的大衛說：「我們夫妻及近親都以威廉能自食其力，從大學時期一邊念書一面兼職。念博士學位都是靠獎學金，而驕傲。」大衛聽完，內心更加洶湧澎湃地掙扎著。威廉接著對大衛說：「我父母是赤貧如洗的小農夫，家徒四壁的階級，生活不寬裕。」

當威廉離開餐桌去幫忙母親在廚房清理時，不小心由後窗向外望出屋後的木椅上，聽到由父親對大衛講話：「威廉祖父，也就是我父親，在四十年前（2055）還是大富翁，但不算會理財的人。當時正是電動車盛行年代，美國有 11 家製造電動車工廠。全民瘋狂投資製造電動車，11 家有 8 家製造商股票上市。威廉的祖父繼承了遺產變成農田大地主，只留一小部份給我，大部份出售變換現金，全部投資電動車行業的股票。開始十年賺了不少錢，賺到的錢再投資。後來光觸媒的研究達到某程度的成功，人類開始進入使用蒸餾水當燃料，靠太陽能分解蒸餾水成氫氣和氧氣，在新型內燃機⑪就

⑪ 俗稱引擎。工業革命初期時，發明了外燃機供給火車的動力，它是水蒸氣的動力使火車前進。後來，發明了「內燃機」，由汽油燃燒產生的熱量動力推動汽車行進。

能使汽車動起來。最大的打擊，就是電動車市場，電動車製造公司發現他們的優勢崩盤，股票市值不到二天，斬腰下跌一半，股民措手不及。然後，不久皆倒閉。我們偌大的家業也破產了，我父親無臉見家人，舉槍自盡。此時正是他的孫子威廉出生的那年。」

大衛回宿舍的路上心裡暗中盤算著如何幫助威廉，渡過眼前的難關，可以猜想這次回程二小時間，看他一路，不言不語，大衛都在思考如何援救威廉，讓威廉能順利獲得獎學金的辦法。他們是室友，又是推心置腹的親密朋友。人生路途友情和愛情二者皆不可或缺。

正如《紅樓夢》的作者曹雪芹說：「萬兩黃金容易得，知心一個也難求」人生路途坎坷不平，難得飽經風霜才知友情可貴。知心朋友，情同手足，這是大衛的座右銘。想到此，大衛當機立斷，決定對威廉伸出及時援手。

下一次打過成績的考卷依舊放在教授辦公室桌上，最上面考試卷的成績也是A+，但這次和以前不同，不是大衛的，而是威廉的。威廉興高采烈，拿了考卷成績單便直向大衛炫耀。

威廉對大衛說：「大衛，你這次只拿到C，這怎麼搞的？考試前身子不舒服？」

大衛面無表情，尷尬點了點頭，拿了考試卷，往宿舍方向行走，威廉也跟在後面往宿舍走，被開心沖昏了頭，一點也沒有體察到大衛的異樣。

後來，威廉在量子化學這堂課的考試成績連續拿了兩次A+，是班上拿到A+唯一的人。在寢室裡我對大衛說：「我是全博士班在量子化學這門課的第一名。你竟然退步這麼多，你要多加油再加油！」

某次又到了星期五，德拉教授到教室來教量子化學的課程，今天講到量子化學中最難懂的部分「不確定原則」，它是由德國著名物理學家海森堡⑫在200年前發現的定理。

德拉教授字句鏗鏘道：「自從發現這個『原則』以來，物理學術界一直爭論不休，如果真的有人推翻了，那麼『量子力學』就站不穩了，所有近代物理學家都白忙了一生一世，連諾貝爾物理獎都該被全盤否定了！」

下課鐘響起，等學生大半離開後，德拉對著大衛很生氣的說：「大衛，到我辦公室來一趟，我有話跟你說。」大衛馬上有不祥的預感，因他上次考量子化學拿了C，心裡一直忐忑不安。知道早晚，教授一定會興師問罪！

而正要離開教室的威廉，聽到德拉教授的語氣，心有不安，便偷偷尾隨在他們後面。

⑫ 海森堡：維爾納．海森堡，德國物理學家，量子力學創始人之一，1932年，海森堡因為「創立量子力學以及由此導致的氫的同素異形體的發現」而榮獲諾貝爾物理學獎。他對物理學的主要貢獻是給出了量子力學的矩陣形式，提出了「不確定性原理」（又稱「海森堡不確定性原理」）和S矩陣理論等。

進入德拉教授辦公室，大衛戰戰兢兢的站在教授面前。

德拉問：「大衛，這次考試你得了 C 的成績，你以前都是 A+，為什麼？」

大衛：「教授，有苦難言。」大衛強自忍耐。

德拉：「你知道嚴重性嗎？你拿的是校長諾拉獎學金，是所有獎學金中最高金額的。如果你分數是 A 就降為『國家科學基金獎學金』，金額較少。現在你的成績是 C，你下學期的獎學金將被取消。」

德拉以嚴肅口吻，繼續追問：「為何有三分之一的考題，你留白沒有作答？」

大衛：「諾拉校長獎學金是教授提名申請的，學生不能直接提出申請，這份恩情都牢記在心。此次成績滑落，實有不得已的苦衷。」

德拉：「你想要隱瞞此事嗎？」

大衛：「威廉這學期的『量子化學』如不能拿到 A+，他的平均成績就不能達到 A，就會被取消下學期的國家科學基金的獎學金。他沒有獎學金資助，就得輟學去找工作，很有可能他就不再念博士學位了。」

威廉在辦公室門外聽到這段話，心頭一震，原來這是事情的真相，霎時深感內疚惶恐不安，他還甚至拿這件事取笑大衛呢！

德拉：「你繼續講下去。」

大衛：「我想如果他這學期的『量子化學』拿到 A+，平均成績就達到 A 級，國家科學基金就不會取消獎學金。那麼他就可以繼續念到取得博士學位。」

在門外，威廉熱淚盈眶，終於忍不住流下來，只想衝進去抱著大衛痛哭道歉！

大衛：「考題中最後兩題空白，就是想不會拿到 A+ 的分數，但沒想到竟然栽筋斗到 C。」

德拉教授：「成績已報給學校教務處，不能更改了。你要心理準備，下學期諾拉校長獎學金一定是沒有了，甭說申請不會被批准，連申請資格都八字少一撇，不夠格！」這訓斥，使得大衛紅了眼眶。

這時在門外偷聽到全部對話的威廉，滿懷愧疚的先離開了。

當大衛回到宿舍時，威廉已等在大衛的房間，這時大衛委屈地流著眼淚進入臥室，他並不知道和德拉教授的談話都已被聽到了。

等大衛進來，威廉便滿懷歉意地說：「對不起，你和德拉的談話，我在門外都聽到了，終於知道這事情，你的犧牲真大，我很抱歉一直對你的羞辱。今後你打算怎麼辦？」

大衛抹去眼淚，倒是很有自信地說：「不要緊，我會找兼差工作，還是朝著，以獲得博士學位，為努力的目標。我只要努力地拼，還是會失而復得，把獎學金重新獲取回來，只要獲得國家科學基金的獎學金就滿足了。」這事件之後，大衛每天下課後，馬上就趕去化學系實驗室做打工兼差，譬如分發實驗用玻璃設備給化學初級生；並教導他們如何清潔玻璃用品等等，甚至替教授打學生報告的分數。雖然不是辛苦的工作，卻要花時間去完成，以致大衛晚間自習時間延長到三更半夜才能上床睡覺。

有一天，威廉終於忍不住對大衛說：「我省吃儉用，省下一筆的獎學金借給你，不用再去做兼差了，就不用晚上弄到深夜不睡覺溫習功課。等你這個學期平均成績在 A，下學期雖然不能獲得校長獎，你也會容易的獲得國家科學獎學金。雖然只有校長獎的一半金額，卻夠用了。你為了我，才弄的今日這樣慘狀，我很愧疚，希望你接受我的建議。」

大衛接受了，並且說：「校長獎在全校四萬多名學生中每年才頒發二名，其實很艱困的。如果不是德拉教授的力挺推薦，只靠好成績是不一定會獲得的。我前面有說，校長獎不是學生自己可以申請的，學生每門課都是 A+，再由教授為研究所學生提出申請的。是可遇不可求的事，你也不要自責了。」

除此之外，威廉更一再地迴避麗莎對他的追求，她不是威廉喜歡的型，但麗莎是個好女孩，威廉十分希望大衛能和她有好結果！

同學甲聽了這一段剖白敘述，淚眼矇矓，深深地感佩，這段世間難得的如同兄弟的同甘共苦的情感，為了獎學金互相推讓竟至連男女之間的愛情，亦能推廣至極！

同學甲最後很感慨地說：「其實，麗莎曾對很多想追她的同學說，如果威廉真的不要我，我也會愛大衛的。這樣說來，我完全沒機會。那樣我只好死心了。」

於是同學甲對著威廉說：「我的名字是喬治，曾到過台灣大學學中文一年，雖然不很流利。認識了幾位美國去那兒學中文的美國留學生。」

他們兩人後來也變成莫逆之交。當麗莎和大衛在台灣失散時，也靠喬治在台灣的美國朋友指引才又相聚合，真如名著《水滸傳》裡說的：「不打不相識」。

「被愛」與「愛人」

聖克萊爾湖（Lake St. Clair）位在離底特律市中心東北方約十公里處，它以聖克萊爾河與北邊的休倫湖相接，又以底特律河與南邊的伊利湖相連。這個湖很淺，所以很容易釣到魚。淡水由上游的休倫湖進入聖克萊爾湖，向南流出，進入伊利湖平均時間只有兩天左右，聖克萊爾湖水是一直以快速度由北向南流動，水中含氧量高，養活了很多又很大的魚種。

它比五大湖小很多，雖然與五大湖水首尾相連卻一直不被列入五大湖系統。它是小而美的湖泊，如果不住在底特律或加拿大的溫莎市（兩個雙生城市，卻不屬於同一國家，兩個城市位於底特律河兩岸，也就是底特律河分開了兩個城市），一般人不太會知道聖克萊爾湖。

然而，它是全美國湖釣魚喜愛者的天堂，釣魚者最喜愛釣到背部微黃色的梭魚，身大凶猛，在釣魚的過程中需和魚搏鬥，拉扯捉放，很有意思。

梭魚的嘴巴又長又大，上鉤的地方常是嘴唇部位，容易解開釣鉤放生，它平均可活十年。這種魚也只能在北美五大湖流域才容易釣到，為了讓它們能代代傳下去，到這邊的釣客都墨守成規，只是來娛樂的，釣到了也大多放生。

大衛與麗莎兩人的感情逐漸進入佳境，他很早就想邀麗莎來一趟別有風味的湖上釣魚之樂。在一次課堂休息時間，大衛終於提出邀請。

大衛：「在底特律，我最大的娛樂是到附近的聖克萊爾湖去釣魚，這個週末我想邀妳去釣魚，妳能陪伴我去嗎？」

麗莎：「我一生從沒釣過魚，那是男人的遊戲，不過，既然你喜歡的，我也要樂意試試看。」

大衛：「釣漁船及釣具是租來的，都說好了。週六我們就去釣魚。我租的船原是只夠一人坐，我將用網路把單人換成雙人坐的釣漁船。」

下課後，大衛即馬上進行準備。

在這週末的午後，陽光斜照映出閃閃波光，將湖面的斜坡樹影被映照成抖動的綠波互相堆疊又分開，不遠處的湖岸邊不少漁船，倒影在水上蕩漾著。

大衛和麗莎已坐在租來的釣漁船，船上各種梭魚釣具一應俱全，脫鉤具都準備好了。

一邊聊著天，一邊看大衛拋下釣魚線與浮標，魚餌沉入不遠處的水波內。

麗莎問：「這個湖只有一種梭魚嗎？」

大衛：「湖裡的魚有上百種，每一種魚都有特殊的釣法才能有效地捕捉到魚，我只對大型的梭魚感興趣。釣到它的時候，拉到靠近船邊，它會掙扎，這時就是緊張又刺激的時刻。」

麗莎第一次體驗釣魚，坐在微晃的船內，一臉興奮、驚奇地望著四週。

大衛斜倚在船邊，正望著水天一色而出神。看著麗莎的優美的身影，反射在微波盪漾不平的水面姿態，內心升起濃濃的愛慕之念。

麗莎像天真少女，有點等不及地說：「你拋擲出去的釣線那麼久了，魚兒還不上鉤喔？」

大衛故意逗趣地說：「釣魚需要耐心等待，魚兒還要去問媽媽可不可以吃魚餌呢！」

麗莎：「亂講，你胡說八道。」

大衛：「說笑的了。」他就是喜歡看著麗莎微嗔嬌氣的臉龐，又說：「釣魚一方面就是要培養沉靜與耐心。」

說話時，浮標霎時沉下，大衛興奮的大叫起來，大魚上鉤了。他趕快拿起釣竿，右手指不停的轉動捲線器，魚兒一會兒游向左邊，一會兒又遊向右掙脫，一心想要擺脫釣鉤的糾纏。

大衛愈拉愈把魚兒拉近，但它仍在遠處就跳出湖面，在拉靠近船邊過程中，魚兒好像拋物線，一跳接著再跳，每次跳出湖面，體形愈來愈大。陽光照在魚鱗上反射閃閃發亮，映著波光真是美極了。

這就是大衛等著要看的情景。

大衛又叫起來：「這魚真大，難怪拉得很吃力。」

從遠處，它跳得比較高，愈靠近船邊就跳不起來了，它已精疲力盡無力跳躍。

麗莎拿了撈魚網子要把這條大魚撈起來，因太重，她反而被鉤住的魚用力要掙脫，一不小心竟被拖拉，掉入船邊的湖水。大衛見狀急速放下魚具，跳進水裡救她，從澄綠色的湖水中把她推上船。大衛爬上船後，把那隻大魚脫勾放生了。他們全身濕透，彼此尷尬地苦笑，已經無心情再釣魚了，快收拾起釣具返回湖邊，上岸火速擦乾身子，打道回家了。大衛已付過了漁船租金，公司會派人把空船駛回去。

路上大衛靠近麗莎，附耳低語，親密交談著。

大衛跟著麗莎進入她的住宿處，兩人先後都洗完澡。披著浴袍冒出熱氣的兩人的身體，不自覺地靠近坐在沙發上。不只親密，坐姿愈來愈靠近，大衛好像伏虎靠近獵物慢慢前進，深怕麗莎躲開。麗莎佯裝不知，觀賞別處方向。此時，大衛腦海裡閃過，下午麗莎一句挑逗的話：「愛，不是光靠，嘴吧說說，也不是唱纏綿悱惻的情歌，而是用實際行動『表現』出來。好像氫原子的電子在能量階上一步一步往上跳，愛情⋯。」

那時候，大衛阻斷了麗莎，搶著切切細語：「妳在說我？光說就是不練？」

忽然下腹部併發出一種熱流，逕自直接撲上麗莎，麗莎也瞬間反身抱住大衛。兩人迫不及待的深吻，一下子，吻右邊面頰，一下子換邊，舌吻左邊面頰。臉龐到處吻遍了，再往下、愈吻愈往下面、愈下面⋯。隨後不久，二人共赴巫山興風作浪。他們卸下平時的正經、日常的互動，兩股互相渴望的愛情，突然進展如量子往上跳躍的，而不是慢吞吞的散步。對他來說，以前的麗莎猶如在庭院牆邊觀望逡遊，如今已能登堂入室了！真的能一窺這美麗身心靈的堂奧之美。雖然大學畢業後，大衛曾多次從一位女友，學到這方面的技巧。今天和麗莎才感覺到心靈身軀合一激情的快感無比。

經過一番激戰之後，渾身熱浪，汗流浹背，他們都餓了，就決定一起上餐廳用晚餐。

餐後麗莎邀請大衛說：「我剛才把你救我的英勇故事告訴了我媽媽，她堅持邀請你，下周末到我家作客。」大衛隨即點頭。

接著而來的周六，上午大衛要拜訪麗莎的老家，位在安伯市，是底特律的郊區小城。

這個小城很美，是密西根大學所在地。她的爸爸是密西根大學教授，教的主修課是「量子化學」，這也是麗莎為何主修量子化學，原來由父親傳承而來。

駕車從底特律到安伯市約四十分鐘。由麗莎駛車，沿途經高速公路，它比地面低，看不到路邊的風景。抵達後她的媽媽已開門站在門內歡迎他們。進門後互相擁抱，她爸爸也出來擁抱，老人家的眼睛閃著淚珠。他們知道獨生女差點受傷，是大衛捨命救愛女的，媽媽也趕快把大衛擁抱起來。

麗莎父母屬於中上階層，父親是教授，母親在銀行當經理的工作。麗莎是在無憂無慮的童年、平順少年到青年的環境中自由長大的。因是獨生女備受父母寵愛有加，養成嬌氣不馴的性格，幸好健康開朗，沒走極端，她真是個人見人愛的粉紅佳人。

用完午餐後，麗莎帶大衛在密西根大學校園裡逛逛。之後他們開車回到韋恩大學附近麗莎的宿舍，兩人一起進入房內，大衛說：「我們去看超級影視片，好嗎？」

麗莎說：「好呀，我先洗澡後再出去。」

在沐浴中麗莎大聲說：「我忘了帶乾淨毛巾進來，在浴室門外衣櫃，幫忙拿一條洗過的乾淨大浴巾給我。」

大衛帶著浴巾進入浴室，麗莎背著他要接浴巾，沒有接住，掉到浴室地板上。兩人同時彎腰下去撿起來，互相碰觸。大衛興起，抱起裸體的麗莎接吻起來。大衛將抱起的麗莎往她的床上輕輕的放下，彼此乾柴烈火，忙得不可開交。

麗莎正享受這麻醉的前戲時，忽想到「上天下地」，「不入虎穴焉得虎子」的成語，脫口而淫蕩地說出：「上次你位在天，我位在地，你好似不入虎穴，焉得虎子，你很快樂，補捉到了虎子，可是我的虎子住在穴門口內不遠處，我卻沒捉到。我教你，這次讓我位在天，你不要進去深穴，只在洞口來去徘徊尋找虎子，我就會抓虎子給你看，你也會同時捉到那隻虎子⋯。」

麗莎小心翼翼跨坐在上，欲將已潤濕的洞口，套上捉在右手掌上的熱血木頭棍，輕輕納入，慢慢有節奏的寸寸緊密。不到五分鐘，天雷觸動地火，兩相爆發激盪，上天呻吟，下地呼嘯，兩人同時捕捉到了那隻滑溜的虎子。連連大聲呼叫起來！，麗莎喃喃自語：「我覺得被愛很幸福呢！」

麗莎天生尤物，花容玉貌，很容易引誘風度翩翩男子的幻想，追他的男子一籮筐。可是她精神上單戀著威廉，之後在肉體性愛上，卻一而再，再而三和大衛發生性關係，從沒有第三男人能進入她的心扉。這是非常難得，凡人有錯誤的刻板認知，美麗女子放蕩不拘，是千古無數名著小說的主題，卡門歌劇的故事深植人心。麗莎之所以和大衛多次發生關係，是大衛肯和她一起研究如何在性愛上達到男女公平的幸福。麗莎想，她和大衛的肉體關係也是包含著對威廉的報復，她卻不知道到頭來，她一點也沒傷到威廉，廉威的心扉深處一向就是對美麗又能幹的女子敬而遠之的！

第三章

氫所構成的宇宙

氫原子的電子雲

位於底特律市區的韋恩州立大學有棟老舊的主要建築物，外觀像是一座古蹟的超大教堂。進大門左轉走廊朝上看，這座宏觀的屋簷裡邊的藝術雕刻，美不勝收。大衛從建築的一樓急忙走到停車場，駕駛一部老爺汽車前往附近一間底特律高中學校去教「量子物理」課程，他每週代他朋友上一堂課。

「量子物理」是門艱難的課程，約莫200年前，由一群聰明才智過人的物理學家研發出來的，其中有數位獲得諾貝爾物理獎，成了世界最負盛名的物理學家，如普朗克、愛因斯坦、海森堡、薛丁格、費米等等。他們的理論學說，深深影響近兩百年來的科學技術的發展與突破。

大衛熱情洋溢地走進了教室，學生共30人，大衛開門見山地說：「要解救目前全球的能源危機，是人類生死攸關難題。利用氫氣與氧氣的燃燒絕對不是虛妄，是很正確而且可以實現的想法，它排放出來的不再是二氧化碳而是全部水蒸氣。現在已供不應求了。它燃燒後凝結成水，可回收再利用，不會造成長期溫室效應和污染空氣，是最佳能源材料。」

他換了一口氣繼續說：「今天首先要談的是『氫原子』。」

他打開投影機投出，說：「這就是氫原子的電子雲⑬，以平面圖表示。如果在三度空間觀看，可讓人嘆為觀止。如果在加上時間的四度時空背景來觀察，它們會上下、左右、前後都在晃動、放大又縮小的電子雲。這種景象在地球上無論多美風光都比不上的。」

學生問：「為什麼電子雲會搖動？」

大衛：「只要有一度時間加入時空電子軌域⑭，它就會搖動。就像你自己身體每分鐘都會動，除非照像，印出照片就不動了，而平面照片只有二度空間。」

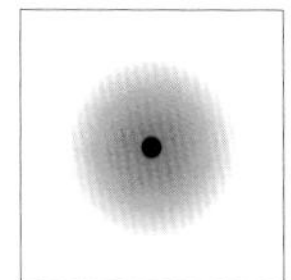
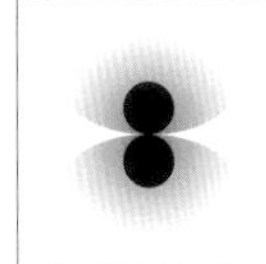
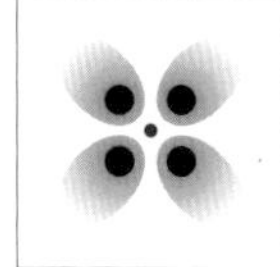
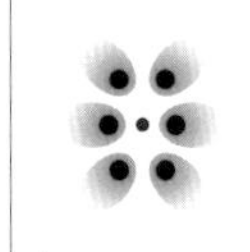
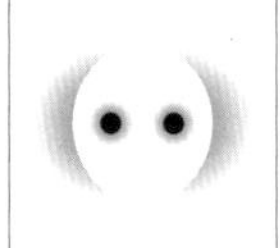

圖 3-1 氫原子的電子雲

大衛視線掃過全班學生，接著說：「氫原子，英文字母代號是 H，它的構造是僅由一個原子核和一個電子組合成的，原子核只含一個質子。人們會把它想像成一個太陽系，原子核在中心如太陽一般，而電子便像地球繞著太陽轉。不過這其實是是大錯特錯的。」大衛特別大聲說最後一句話。

⑬ 如圖 3-1，只顯示幾個有代表性的。

⑭ 電子軌域：科學名詞，普羅大眾叫它「電子雲」，因為變化多端如同雲朵。

學生正在觀看投影機投射在白板上面，氫原子靜態電子雲，發出驚嘆聲：「啊！真美，電子雲燦爛輝煌，光芒四射。」

而氫原子是人類能夠測量出來的最小元素，二個氫原子組合成一個氫分子，後者卻是宇宙最輕的氣體，它飛上天空就不會回頭了。不惜千萬里都會往太空深處從容不迫、自由自在、飄逸悠閒的飛走。

大衛：「這麼美麗的電子雲只有上帝才創造得出來，上帝居住的天堂一定是柳暗花明般的仙境。」

學生甲插嘴：「不會在太陽系裡找到天堂，它不是太熱就是太冷。不僅沒有水可喝也沒有空氣可呼吸，要不然是毒氣充滿著遙遠的星球。除了地球，找不到可以安居生存的星球，上帝把人類安置在太陽系裡唯一可住的地球後就離開太陽系。」

學生乙接著說：「也許有一天人類在銀河星系，離地球 10 萬光年遠的另外一端找到天堂喔！」

學生丙：「小時候上教堂，牧師說天堂在雲霄的另一端，現在想起來有被騙的感覺。」

課堂裡有人發出「噓」聲抗議。

學生丁：「我想，牧師講的話只適用於當時，宗教講錯了，牧師隨時加以修正。」

又一個學生說：「傻瓜！那是虛構的了。」

頓時眾學生七嘴八舌，議論紛紛。

大衛趕快又放射出一連串的圖片，利用繪圖技巧是可以將三度立體空間的圖，畫在二度平面上。大衛指著圖片，說：「請看圖 3-2，以立體 2Px，2Py 和 2Pz 畫在平面圖做代表來說明，其他較高能量的電子雲以此類推。」

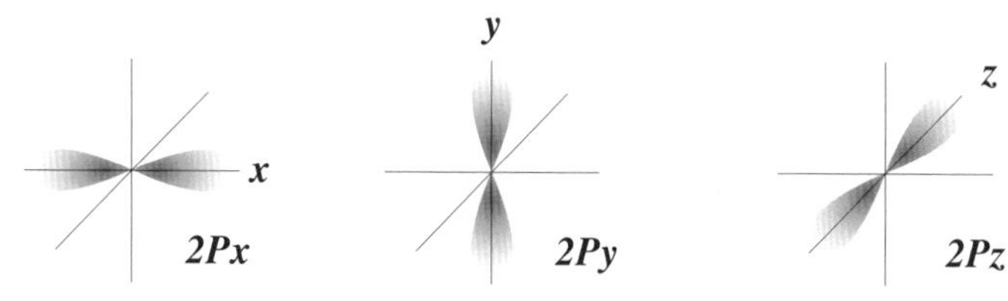

圖 3-2 電子雲 2Px，2Py 和 2Pz 的各別三度立體圖

大衛將 2Px、2Py 和 2Pz 在螢幕上以 3D 影像，各放大一次給學生看。當垂直的 2Pz 放大時，學生嚇到了，因為垂直螢幕的圖一放大，它不是左右、上下放大，它是朝學生的臉放大過來。有些學生帶立體眼鏡看，立刻被嚇到了，好像 2Pz 電子雲向他們的臉直衝過來，但後來他們都表示挺好玩的。

大衛：「下一個圖 3-3 顯示，2Px、2Py 和 2Pz 都湊在一起，才是真實的 2P 電子雲，其實 3 個 2P 電子雲在數學函數是相等的，只是位置互相垂直交叉。看圖片就更明白了。」

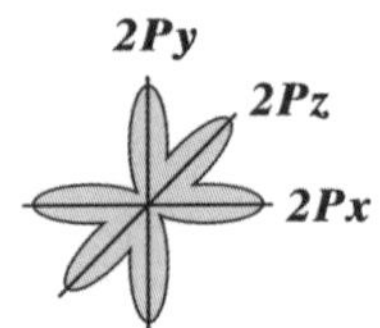

圖 3-3.　2Px、2Py 和 2Pz 湊在一起的立體圖

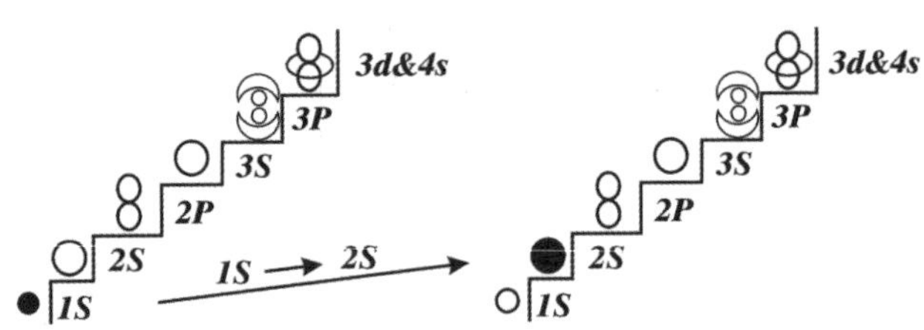

圖 3-4.　氫電子雲按能量高低排列上下位階

大衛：「請看圖 3-4 氫原子的電子雲，階梯位愈低，能量也愈低，左邊發射一束定量放射線進入氫原子，1S 電子雲吸收了定量能量，立刻跳躍變成 2S 電子雲，這個能量是定量的，不夠的話，1S 就無法爬上 2S 的位階。同樣再看下一個圖 3-5。」

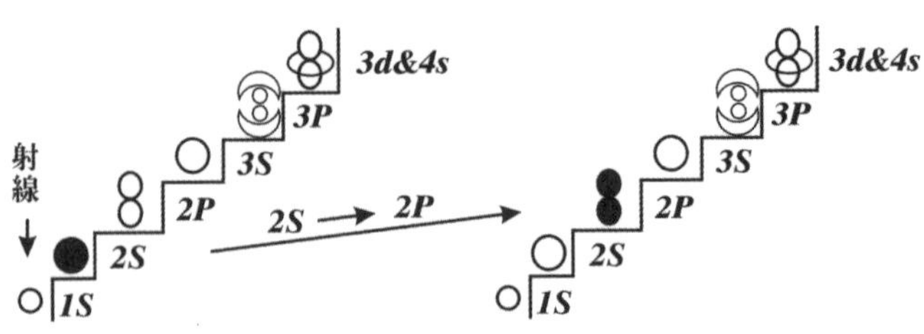

圖 3-5.　氫電子雲從 2S 躍上 2P 位階

大衛繼續說：「圖 3-5 的左圖，在 2S 左方再射入定量放射線，使 2S 跳躍到右圖 2P 的能量位階，也是一定能量才能使 2S 跳躍到 2P 電子雲位階。這些電子雲雖然只有二度平面，但是需想像為三度立體形狀，注意看 2P 電子雲獲得較多的放射線，所以一跳就是 2 層位階，從 2P 電子雲位階，跳躍到 3P 位階，請看圖 3-6。」

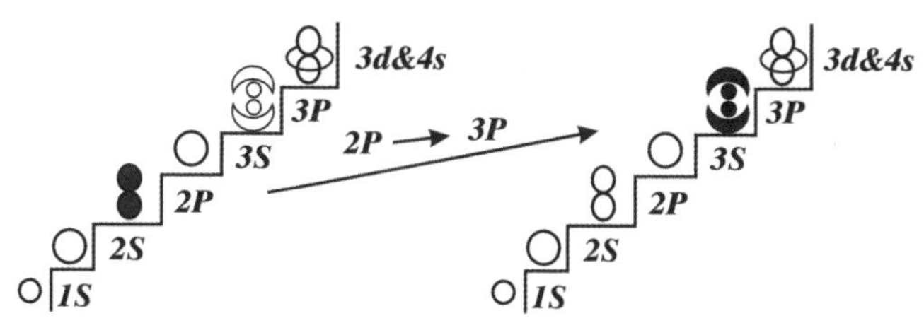

圖 3-6.　氫電子雲從 2P 躍上 3P 位階

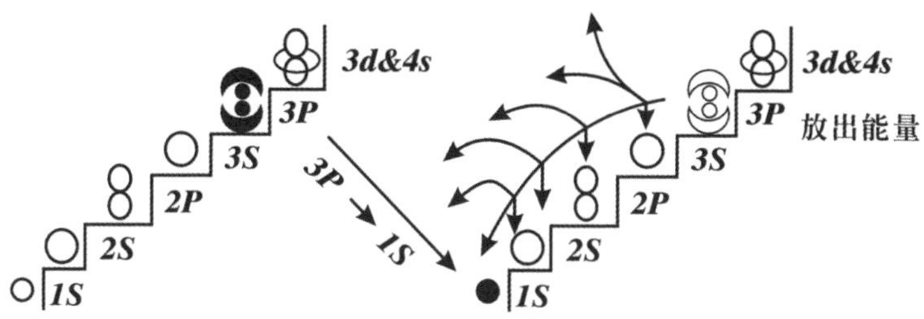

圖 3-7.　氫電子雲從 3P 一口氣墜落到 1S 基礎位階

大衛接著興奮了起來，大聲道：「請觀察圖 3-7。突然來了一陣翻天覆地的大地震似的，3P 電子雲大搖大擺，釋放出幾道非常猛烈的火燒波浪翻騰，互相撞擊，由 3P 電子雲向左右放出幾道大火焰的光芒，3P 電子雲瞬間墜落到最低能量位階的 1S 電子雲。一口氣跳下 4 層位階，放出大量無比的放射線能量。這場景色有夠刺激，如果是在大型顯影像室觀賞，這光景爆射出的震撼影像是古今中外都還沒看過的，使人振奮雀躍沸騰的，這才是值回票價！」

「請觀察圖 3-8 中 3d 電子雲共 5 種不同方向，卻都擁有相等能量的位階，像是個很美麗的圖騰。」

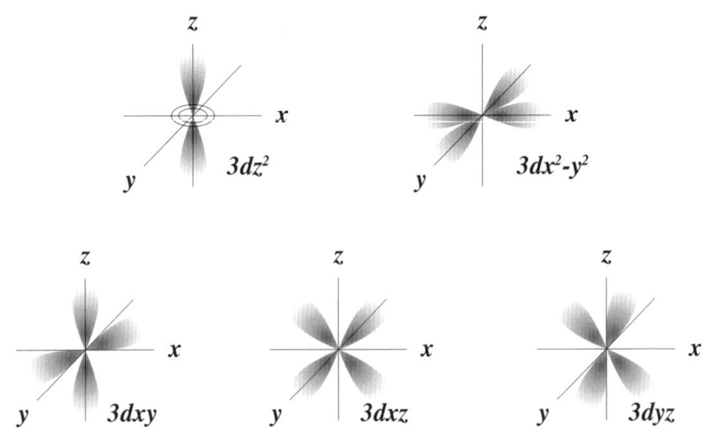

圖 3-8. 3d 電子雲總共 5 種都是相等能量位階

大衛：「好了，今天就講課到這兒，現在來考個試。」

一位個子高大的學生不悅說：「老師！您沒說今天要考試呀！」

所有學生附和著抗議聲。

大衛：「是的，以後除了定期，還有不定期考試。這樣讓你們現學現復習，永遠就記得了！」

考試紙就分發出去了。

大衛說：「考題印在紙上，我回辦公室，這是榮譽考試，不要作弊喔！」

學生甲回答說：「我們不會作弊了。」

坐在後面的學生拿筆用力插學生甲的背部。

學生甲痛苦的「啊」叫了一聲。

大衛回頭問：「怎麼了？」

學生甲掩飾著痛苦的表情，回答：「沒事、沒事。」

大衛就走出教室。讓學生們有真正的榮譽考試。自己選擇憑著誠信或自行取巧來答覆考題。

學生甲翻過頭怒氣衝天，問後座的學生乙：「幹什麼？」

學生乙作鬼臉大聲說：「混蛋！誰不作弊？」

又引起同學們哄堂大笑。大家都心裡有數地知道，如何使出渾身解數地「不用作弊」來解答。

於是學生個個低頭，用心地去解答考題……

下課鐘響起，大衛回教室收考卷就離開，離開前對學生說：「週五中午到我辦公室取回考卷及成績。下年度的課程我們將討論碳原子最外層的四個不同電子雲，由不同種類的電子雲互相混合，如是而已。稱它『混合電子雲』或比較有趣的稱它『混血電子雲』都可以，這樣原子才能連接形成分子。有了小分子，才產生大分子，形成各種所需的材料，包括 DNA ⑮，它是地球生命體的基礎原料。」

氫分子的電子雲

德拉的地下實驗室的化學測試儀器很齊全，有紅外光譜分析儀器（Infrared spectroscopy）、核磁共振儀器（N.M.R.Instrument）、氣相層析儀（Gas chromatography）、液相色譜儀（Liquid chromatography）、質譜儀（Mass spectrometry）等等化學儀器。

德拉對著他的學生說：「五十年前風行一時的電動車，雖然有環保優勢，可是，電動車的行車動力需龐大電力供應。

⑮ DNA（脫氧核糖核酸）和 RNA（核糖核酸）：都是生物基礎的化學結構，形狀像螺旋。它們是組成蛋白質和遺傳基因的來源。精製營養品常標示含有腺嘌呤、胸腺嘧啶、鳥嘌呤和胞嘧啶，四種生化成份，它們是 DNA 和 RNA 的重要成份，適量食用，幫助身體建構 DNA 和 RNA。

因此，供應生活所需的電力遭遇空前巨大的麻煩與壓力，沒有餘力照顧電動車。

全世界汽車數量，至少也有一百億輛，全都是電動車的話，有那麼多電能嗎？難怪整個電力工業的崩垮好像底特律河潰堤，洪水奔流，製造電動車的公司倒閉風聲如骨牌倒塌，一觸即發，勢不可擋。

最後還是要走回頭路，使用氫燃料的改良式內燃機，雖然氫燃料，燃燒還是不完全，但是，已改進到降低空氣污染的階段，有朝一日，人類會創造氫氣和氧氣燃燒完全的內燃機。」

德拉繼續說：「運輸業已享受十年的廉價氫燃料，都是取自地球的氫氣，雖然氫氣與氧氣燃燒後排出的水蒸氣是很乾淨的、環保的，但是，氫燃料燃燒不完全，還是會造成全球性的大旱災與大火災。」

德拉：「多種管道尋找氫燃料來源是美國政府的政策，積極投資尋找從木星和土星天然的資源，來獲取氫氣，也是勢在必行的重要管道。此次 NASA 撥給我們的研究費是要我們研究氫分子的電子雲，在類似木星和土星強大電磁場的影響下，有何變化。以下請大衛解釋為何要去外太空，取氫氣回來地球研究其可應用性。」

大衛站起來走到投影機，放出燦爛壯麗多彩多姿的木星說：「氫氣對人類變成非常重要能源，氫元素很難單獨存在於地球，都是附在其他元素上如水、天然氣、碳氫化合物。氫元素是地球上最多的元素之一，可是地球上的單獨氫氣是很有限的，不能一直使用它當能源材料，我們需要想辦法往木星和土星尋找，不然人類的後代子孫，就沒有能源可使用，會導致人類種族滅亡。」

大衛：「木星和土星是太陽系最大體積的行星，它含有99% 的氣、液及固態氫，如果能取回地球來供使用，人類的後代將擁有充足而無憂無慮的能源，可以使用幾萬年。」

大衛繼續說：「再看看木星彩色投影，表面有深褐色、藍色、白色、紅色等色彩繽紛的條紋，與木星赤道平行排列，各自以不同的速度，漩渦圍繞著木星自轉的方向運轉。木星磁場約為地球的十倍強度，表面溫度因離太陽遠，所以比地球任何地方都寒冷，約 -150° C。」

大衛在解釋這些現象時，用左手指著木星影像。

他繼續說：「木星最外層的大氣稀薄，約只有 0.1 大氣壓，它含有微量氨水。木星有些地區氣流是上下垂直對流，所以往下較深層有些地方是 2 大氣壓左右，而溫度約莫在 0° C，與地球很相近。由於上下垂直對流速度極快容易發生氫分子的電子分離而產生閃電。在這些地區也許有浮游生物存在，它的密度是與氫差不多，可以浮游在氫氣中而不會沈落下去。」

「這些菌類生物是原始生物，一些少量的由氨分離出來的氮，及少量的甲烷及乙烯分離出來的碳組合而成，所以它們的食物包括氫及甲烷、乙烯、氨化學物質。」

「這些浮游生物原始菌類生物生存在二大氣壓帶，或稱為大於二大氣壓的空間，因為身軀包含氫原子，很輕且鬆軟，氫離子會放電發光，所以身軀會如閃電般的光芒四射找食物材料合併。」

大衛停了一下，休息幾秒鐘後繼續說：「木星的電磁場比地球大 10 倍以上，所以收集氫氣的飛行器不能使用金屬材料製造，因金屬飛行器在強大的磁場不容易遙控操作。」

大衛：「我們要去木星取氫氣，而它磁場那麼強大，必需先在實驗室研究氫分子電子雲在強大磁場中的變化情形。有了這些實驗資料，根據實驗結果設計出一款，比在地球表面氣壓大的環境下安全達成任務，它必需是強化工程塑膠材質，才不會被強力磁場及高氣壓環境下破壞。」

德拉教授站起來說：「謝謝大衛給我們講解木星的狀況，他說明的只限於我們到木星取氫氣所需要知道的知識，至於整個木星的全部知識，他沒有介紹，是假設我們都已經知道了。現在我來說明如何發現實驗室裡的氫氣，在『強力磁場』及高氣壓的環境中的變化。」

其實不需要等德拉解釋，觀察實驗室裡的新設備就一目瞭然。

一個透明的大櫃子，它的材料由耐寒強力的纖維玻璃製造的，纖維玻璃大櫃子有 2 個小孔，一個是連接到真空吸空氣機，另一個是接到氫氣室，可以釋放出氫氣到櫃子裏，其他的設備有溫度及氣壓控裝設備，可以遙控溫度和氫氣的釋放量。

「氫分子」是宇宙最小也最輕的分子，當進入透明箱子時是成群結隊，有幾千、幾萬，它們互相撞擊，飄來飄去，難以捉摸，到頭來都會往上飛，所以透明箱子上面裝了冷氣機，氫分子會被往下吹散。

德拉：「我們要從成千上萬飄浮過的分子，捕捉到單一分子的鏡頭。然後自始至終，形影不離跟蹤拍攝這個單一分子，這是一件不容易的差事。但必須這樣做，才能明確瞭解強烈磁場對分子的影響。」

「如果以手提著那微小的電子顯微鏡是不可能捕捉到同一氫分子的動畫。那怎麼做這一個實驗呢？就是利用現存的精密器具或儀器，跟著同一氫分子上下飄蕩，左右搖擺，前進後退。」

德拉：「我想到使用微飛行器⑯，尺寸約莫果蠅大小，裝上微小細緻的最新發明電子顯微鏡，跟著同一個氫分子飄蕩。」

德拉：「我們要從微飛行器觀看氫分子電子雲在 0° C 及二大氫氣壓的環境中，被強磁場的影響下的變化情況。微飛行

⑯ 美國正秘密研究的新武器，它小如蒼蠅，可以飛進敵軍坦克車內油箱引燃爆炸。辦公室窺視機密文件和竊聽機密談話。甚至飛入敵軍將領的鼻孔裡洗腦投降。

器有四種：單翼微型飛行器、雙翼微型飛行器、可上下飛行微直升機、如蜂鳥類飛行的扑翼飛行器。」

德拉繼續說：「約 100 年前人類開始研究『微電子顯微鏡（Electron Microscope）』，剛開始只能觀察到生物細胞，大型分子、脫氧核醣核酸及癌細胞。那時已經發明了極微顯微鏡，可以放進注射針插入癌細胞，觀察是否手術割除乾淨。此發明之前，醫生只能親自動手術割除癌細胞，時常看不到邊緣死角落，以致還遺留著癌細胞碎粒子，這些極細小的粒子將來會再長大成癌細胞，若病情又爆發，這時可能回天乏術了。」

「經過了九十年的研究和發展，現今無透鏡的微形顯微鏡不僅細小如針，可以觀看氫分子，製造微飛行器公司已經將針狀微顯鏡裝在飛行器上面，所以我們可以直接觀察宇宙最小分子的電子雲。這些圖片都經過遙控電腦顯示給我們看，而微飛行器也是由電腦遙控它的飛行。」

德拉：「安德魯，你先試試。」

安德魯首先上場，謹慎地操控遙控器，試著控制單翼微型飛行器，起飛後，在實驗室裡慢慢飛翔，熟練之後，在所有空間做上下左右前後等各方向飛行，有如微形孫悟空正在騰雲駕霧。

德拉說：「好了，我要開始放氫氣進入大型玻璃櫃內。之前已經把玻璃櫃內的空氣抽成真空，在裡面已經無氧和氮的空氣氣體，再放氫氣進入。現在所看到的全部都是氫氣。安德魯，你控制的單翼微飛行器裝備有針狀的超微顯微鏡，看到氫分子了嗎？我在氫氣儲存室看不到，你要自己找單一分子。」

安德魯：「看到了大群分子。他們有的移動很快，向左右，也有上下浮著移動，大部份是往上飄浮上去，有時向斜角方向浮動。」

德拉透過了聲音放大器：「它們很輕都會往上迅速移動。你需要操控微飛行器向上移動的速度與氫分子移動速度相同，這樣才能從始至終只觀察到同一分子，在不同程度的磁場下的變化。電腦會自動記錄過程。」

安德魯：「是的，知道了。」

安德魯幾次以遙控器操控微形飛機由底部向上飛升，但單翼微形飛機向上飛的力量不強，老是追不上單一氫分子。

安德魯：「德拉教授，單翼微形飛機平行飛，針狀微顯微鏡老是對不準單一氫分子。」

德拉：「把單翼微形飛機控制慢飛，與氫分子的移動方向跟進就好了。」

安德魯：「糟了！飛行器掉下來，摔壞了。」

德拉：「算了，那就使用雙翼微形飛行器，它平行飛速度慢而上升下降速度快。由威廉來操控。」

威廉：「好的。」

威廉想要練習一下再飛過去觀看氫分子。果然微型雙翼飛行器上升下降速度快，飛行速度比單翼微形飛機慢。威廉控制愈來愈順手就對德拉說：「我準備好了，可以放馬過來，氫分子愈多愈好，它往上升的速度會減慢下來。這樣子可以全程觀察氫分子在強大磁場的變化狀況。」

終於追到一個氫分子往上升時，跟著雙翼微形飛行器也快速上升，啊！麗莎在旁也大聲叫著：「趕快煞住。」

不幸的，雙翼微形飛行器撞到天花板，墜落到地面，破碎掉了。

德拉喊：「停！我們暫停操作，需要大家開會檢討失敗的原因，單翼飛行器摔下來是可理解的，因它飛行速度必需快，才有夠浮力支持它飛行，它慢下來就造成墜機的狀況。」

大衛：「但是，雙翼間空氣流動會互相干擾，飛行速度應該可以減慢下來觀察氫分子呀！」

威廉：「是不是我控制技巧不夠熟練？」

德拉：「不是。雙翼飛行器有其優點，但缺點一大堆，不容易控制是其中之一。」

德拉：「我們試試直升飛行器，它上下飛行很容易。這次由麗莎操控。」

麗莎：「好的。」

微型直升飛行器在麗莎控制之下順利在量子化學實驗室試飛成功。微型飛行器飛向玻璃櫃觀察氫分子。

麗莎由微顯微鏡看到眾多氫分子中找尋到一顆獨立氫分子，就跟著它移動，想把分子的影像拍攝起來。瞬間分子被別的分子擠壓過來就左右移動。當麗莎要將微型直升機轉90度飛行跟踪時，直升機的尾槳碰到玻璃櫃，直升機就摔落地，又是另一次的飛行失敗。

德拉表情難看，面若死灰，從儲藏氫氣室出來說：「我們用了三種不同性能的微飛行器各帶著一支微電子顯微鏡，結果老是跟不上氫氣分子的移動方向，甚至損失了三架微飛行器及三支針狀微顯微鏡。現在看起來，非動用扑翼微飛行器不行了。」

德拉：「從這次實驗得到不少經驗，氫分子快速上升，但是很多氫分子時會互相排擠，互相碰撞，所以這些分子的移動的方向變化莫測，上沖下洗、左右擺動、前俯後仰，真的很難捉摸。所以要用仿蜂鳥快速拍打翅膀的方式懸在空中盤旋飛行，也可以瞬間向後飛行，這樣就可以追踪到單一顆氫分子的動向。我以為這是個簡單的實驗，好在各種微行器都有準備。下次應輪流到大衛來操控蜂鳥撲翼微型飛行器。」

大衛先將微形蜂鳥撲翼飛行器，拿到左手心觀察並用右手食指輕輕撫摸針狀微顯微鏡，確定它牢固的裝在微飛行器上，心理想這次一定要搞定，不容失敗。他把它放回原地，拿起控制器試著看微顯微鏡照到的地方圖片可以顯示在電腦上，而且連線到投影機放映在螢幕上。這一切都很順利。

大衛：「德拉教授，我要練習一下。」

德拉：「大衛，這次一定要成功，實驗時間拉長。電腦自動發出變化多端的磁場，並且由電腦自動連續記錄。」

鳥在飛行時，雙翼一定上下擺動產生空氣浮力而向前飛。鳥不能停在半空定點，因為鳥翅膀不能上下快速震動。但有一種名為蜂鳥的鳥類，可以迅速震動雙翼而停在半空中吸食花蕊的營養。那麼，蜂鳥撲翼微型飛行器就可以停在半空中觀察氫分子。任何一顆氫分子跟著往上浮，跳，上、下、左、右、前、後，甚至翻筋斗。微顯微鏡很準確瞄準氫分子，它的影像，在大螢幕上看得到。它是無色的，但以紅色光照射，呈現紅色光芒的橢圓形球狀體，中心兩個黑色的點，就是二顆氫原子核心，如圖 3-9 兩種不同氫分子的電子雲的樣子，而紅色之處是電子密度較高的，也就是電子停留該處機會較高的。

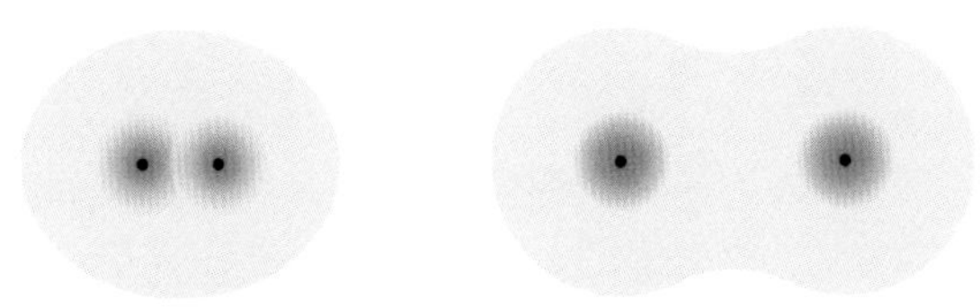

圖 3-9. 氫分子的電子雲

德拉說：「請觀察圖 3-9 的左圖，氫分子電子雲能量位在『基態⑰』，它是能量最低氫分子電子雲，也是最安定的電子雲。此時增加能量，分子中的兩個氫原子核就開始分離，如圖 3-9 的右圖，再加更多的能量，分開的距離就愈大，但所加的能源移除，兩顆氫原子馬上靠近又聚在一起，如左方圖示。」

德拉開始操作電腦發出電磁波。從微顯微鏡看到氫分子排列井然有序，楚楚可愛，所有氫分子內的兩個氫原子核都是順時鐘方向轉動。電磁波再加強，也是屹立不搖；不動如山。再加強電磁波，瞬間發生氫原子核改變旋轉方向，順時鐘方向轉動改為逆時鐘方向轉動。原來氫分子和電子一樣具有『量子』的特徵，前者在磁場增加到定量值才由右旋轉變為左旋轉，後者是在能量加到定量才跳躍到更高的能源水平，都有『量子』行為。德拉將氫氣壓增強為 2 大氣壓，實驗結果明天會列印出來加以分析。

最後使用微形蜂鳥撲翼飛行器才成功的捕捉到單一氫分子的變化鏡頭，這才是「量子力學」真正奇妙的基本概念的具體化。

---

⑰ 基態（Ground State）：量子力學理論，證明原子和分子的電子雲都呈現無數的能量位階，其中最低能量位階是最安定的狀態，稱為基態。

//////////

第四章

悲慘地球

大旱災與大火災

本學期上課已接近尾聲，德拉教授上完最後一堂課，邀請他的準博士學生週六晚到他家用餐，慶祝他的獨生兒子高中畢業。

當大家都到齊了，德拉太太邀請所有來賓到餐廳就座，依美國中北部風俗，男主人與女主人各坐在長桌型的餐桌兩端座位，其他位置隨意坐。

約翰牧師首先開口：「我們剛才談到近年來大旱災的情況，在我們教會裏也都在談論，是上帝在懲罰人類，我們所有人一直禱告也沒有生效。」

大衛首先提出了質疑引出問題：「我想禱告只是自我安慰行為，上帝才不會理會順從的。人類終就要為自己的行為負責！」

用餐間德拉教授說：「最近十來年全世界各國，無論大國或小國都鬧嚴重旱災，一年比一年嚴酷。」

大衛說：「幾年前各國都以為無庸置疑是降雨量減少，但為何降雨量會越來越少？」

麗莎說：「住在小島的漁民發覺到，海岸邊浮現出來的沙灘面積愈來愈大，每況愈下。」

麗莎順口問德拉教授：「你沒邀請安德魯來嗎？」

德拉教授回答：「這次我只邀請我的準博士學生，安德魯是瑞克教授的學生。你們都知道瑞克教授是『量子統計力學』專家，而『量子統計力學』是以數學方式證明『量子力學』的存在。『量子化學』是以實驗證明量子力學的存在，所以平時德拉和瑞克教授是合作的關係，但向政府申請研究補助費時是競爭對手。」

德拉教授的家裡，已安裝了正在市場流行的可移動立體電視機，360 度都可觀看到 3D 立體影像的，影像大小可遙控。雖然是可移動，但是，要在定點裝置投影機。德拉家安裝三架投影機，第一架當然裝在客廳裡，第二架是裝在餐廳，第三架在臥室裡。德拉在空中觸點劃了一下，顯出二張圖片，然後說：「這二圖片，一個標題是大地乾到四分五裂，另一圖標題是動物屍橫遍野。」

威廉說：「旱災對經濟傷害非常大，現在很多大學研究生已在擔心畢業後就失業。」

很多專家名人及教授都紛紛指責政府的錯誤能源政策導致今日的災難。過度的使用氫燃料，嫁禍給地球年年大旱災。聯合國統計最近十年的大小旱災，統計殺死了人類超過一億人。動物死亡總數超過五十億。」

大衛接著說：「我們早期使用的氫氣大部分是從天然氣取得，但天然氣已快用光了，價格漲了十幾倍，已不符經濟效益，才轉向由天然水及海水的光觸媒嶄新技術。利用不需要原料成本而且永不缺貨的陽光能源，分解水取得氫氣及氧氣。全民長期耗用水資源才使地球缺水，海洋水平下降，形成了大旱災。」

德拉教授又說：「這十年來森林大火災接二連三的發生，最近變本加厲，消防人員疲於奔命。工廠和住宅區的火災愈來愈頻繁，三番五次就有工廠大爆炸，死傷人員不計其數。」

約翰牧師問：「為什麼大量使用氫氣後，會使工廠發生大火災，野火肆虐吞噬了整個森林呢？」

大衛回答：「汽車自從使用氫燃料，內燃機的效率雖然未能達到百分百，它排出於空氣中的是乾淨的水蒸氣，不像汽油燃燒後排出二氧化碳會汙染空氣。」

德拉：「興高采烈的人類以為從此呼吸乾淨的空氣，沒料到長年的旱災引起長期的空氣乾燥。乾柴烈火導致野火燎原燒盡森林。」

德拉繼續說：「內燃機效力不完全，除了排放乾淨的水蒸氣，也排放出燃燒不完全的氫氣與氧氣。氫氣太輕，地心引力吸不住，飛向天空，逸出大氣層，奔向地球高空，然後進入太陽系太空中。」

麗莎：「噢！知道了，排放出來的氧氣就留在地球表面，經過數十年累積，使空氣中氮氣和氧氣的比例由原來 78% 比 21% 變成現在的 74% 比 25%。氧氣在空氣中比例增加，引起火災的事故機率也就大增。在工廠開動機器摩擦輪盤發動就馬上著火。」

德拉教授：「我預測政府會命令停止使用氫燃料，減少大災難繼續發生，並撥出大筆研究費發展氫、氧完全燃燒的內燃機，雖然理論上，是非常艱難的使命，但有決心，肯花錢研究消滅大災難的罪魁禍首，終會有成功的機會。」

「我邀請你們來，一方面慶祝我兒子高中畢業，另一方面要你們有心裡準備，我申請的研究費一億美元可能很快就會通過，用來研究太陽系的氫氣使用可行性。今晚我說的話是機密資訊，絕不能對外洩密。瑞克教授也申請這方面的研究經費，和我們是競爭對手，可能找機會阻礙或甚至破壞我們的實驗。」

用餐後，大家移位到客廳全神聆聽德拉兒子約瑟夫鋼琴彈奏表演，他彈的是鋼琴家李斯特聞名於世的「時鐘」鋼琴獨奏練習曲。他的彈奏技巧已達爐火純青的境界，已可當職業鋼琴家的程度。當約瑟夫的表演完畢，這場教授與學生們的歡聚一堂晚餐也就此結束了。

在開車回宿舍的路上，同車的大衛、麗莎打開車上影視器，正顯示這畫面：一對從台灣出來周遊悲慘世界的中年夫婦，他們風塵僕僕展開知性之旅，看到世界正經歷著缺氫氣、缺水喝、乾旱、火災一連串的災難。他們來到新加坡，剛好不期而遇上了馬來西亞及印尼的森林大火災所產生的霾害，整個新加坡的空氣都沾染了大量的煙塵。這些霾害煙霧，有的方向是乳白色，但另外別的方向是灰色的，真是雲遮霧障的天空，無法觀賞新加坡夜景之美。只好待在旅館內不外出了，等明天看是否天空清朗了再外出漫遊。

又打開另外的網路新聞，兩人都嚇了一跳，幾乎所有新聞節目都在報導馬來西亞森林大火災蔓延到印尼森林。

這是一望無際的東南亞雨林地帶，森林裡的木材極為豐富，燃燒起來威猛。新聞鏡頭看到一名 85 歲老翁因拒絕撤離而遭到焚身死亡，被抬出火場，經過攝影機旁時，歷歷可見全身衣服燒焦，頭部、面部以及手腳都燒到像焦炭。救護人員用白布遮著全身，抬進救護車開往殯儀館。轉到另一新聞台，標示「森林大火災造成了霾害死灰復燃」。

主播報導：「在馬來西亞離新加坡不到 100 公里的一處森林，地理形勢很嚴峻。由於氣候乾旱好幾年了，今晚引起大火，整座森林遭大火吞噬。馬來西亞政府動用三百名消防員冒著高溫，拼命要控制凶猛的野火。」

轉到另一台卻在報導印尼這邊狀況政府動用 500 名軍警幫忙消防員。不僅大國如美國、小國如新加坡都直接或間接受到缺水導致乾旱引發火災頻傳。

全世界變調了，中國與東斯拉夫國向來在國際外交上都是聯盟的，在聯合國安全理事會常任理事國共五個國家，一直分成兩派，一派是美國、英國、法國，另一派是東斯拉夫國及中國。新進加入的常任理事國如日本、德國和印度卻一直保持中立。

長期以來中國和東國都在國際上表現得深厚友誼並互相利用，互相支持。近年來中國在河川上游興建大型水利工程，在跨國的河川流域的上游建設水壩，引起東國不滿。缺水、搶水是各國都在發生軒然大波的糾紛，鄰國結怨，重兵在國界兩邊對陣陳列，有擦槍走火的趨勢。中國在內蒙自治區的額爾古納河築壩引水入湖儲藏，中國和東斯拉夫國都為了「水」不惜一戰，因額爾古納河是黑龍江的上游，黑龍江從中國流入東國領土。

中國在新疆的額爾濟斯河也建築水壩，把河水改道引入新疆低溫地區儲存。這當然引發東國和哈薩克的反彈，東國重兵陳列在新疆邊界，戰爭有一觸即發之勢。為了「缺水」不顧舊時的友誼，互相翻臉，為了「水」是生命最重要的物質之一，甚至可以犧牲生命來保護爭取。

美國和加拿大號稱為兄弟之邦，但也是翻臉無情，加拿大地廣人稀，水資源豐富，所以它的人民平均水資源，為全球之冠是舉世聞名。

一直以來，經濟上加拿大依賴美國很大，從農業產品到重要工業，諸如能源、汽車、製造業、運輸業、化學產品、鋼鐵業幾乎全部被美資所包辦，加拿大的經濟，嚴重被美國控制。所以加拿大一如既往，和美國政府從不能平起平坐，兩國南北相鄰，加拿大政府永遠只能當老二，美國是老大哥。這種怨氣，加拿大政府已忍受幾百年了。

但美國目前缺水嚴重，沒有水就是沒有氫氣，沒有氫氣經濟就衰退。美國政府請求加拿大政府銷售「水」給美國，加拿大以他們的「水」也不夠自己使用，拒絕售水給美國。現在看起來老二要變成老大了，也導致美國在外交及國際場合，常要看加拿大的臉色，希望加拿大能大人不計小人過，償「水」於美國。

當今世界只有兩個國家的水資源有剩餘，一個是東斯拉夫國，另一個就是加拿大。因水源的價值已超過石油，全世界所有國家都為了水資源紛爭不已，不惜一戰來爭取。

經過美國政府的耐心周旋，加拿大政府終於答應供應淡水給美國。由加拿大的戈德里奇港灣把大量淡水倒入休倫湖，然後在美國這邊的底特律市及克里夫蘭市再把淡水抽出，用管線輸送美國各處。

加拿大政府之所以選擇無名小城戈德里奇來注入淡水到加拿大與美國邊界五大淡水湖是因為：

第一，這五大湖南岸的美國大城市林立，而北岸的加拿大很少。湖水流向從西往東流，不可倒入安大略湖，它位在尼加拉瀑布之東，大城市雖然不少，但地勢低，湖水已快注入大西洋，恐怕美國來不及回收。

第二，它位在中游的休倫湖，距離尼加拉瀑布還很遠，美國這邊在底特律抽水，來不及抽完，還可以在克里夫蘭攔截，再不行，還有水牛城及羅契斯特市在最後面等。

加拿大在戈德里奇傾倒淡水入休倫湖的選擇是聰明的，因此城地下全都是岩塩，有火車運送岩塩，也有大船運輸。大量的水主要靠火車運送到戈德里奇港灣。傾倒時排山倒海，比大水壩洩洪更雄偉壯觀，連天空都為這噴霧所瀰漫而呈現一片霾暗。

紅火焚身

地球變得愈來愈乾。每一個國家都鬧旱災，一年比一年嚴重。人們發現降雨量逐年遞減，住在小島的漁民察覺沙灘的面積愈來愈大，海平面持續下降。

最開始出現跡象的時候，人們曾經萌生過些小欣喜，那些多雨的城市，例如倫敦、台北，不再總是籠罩在水氣當中，家具衣物發霉的情況改善了，帶著雨傘穿著雨衣的日子變少了。因為水氣下降，人類對於冷熱的感受變得比較和緩，夏天不再那麼潮濕悶熱，冬天不再那麼冰冷刺骨，也不用在雨季裡發愁衣服晾乾太慢，不用倚賴除濕設備。

之前溫室效應導致海平面上升所吞沒的土地，逐漸再次顯露。有一些人甚至沾沾自喜，如獲至寶！

「不用填海爭土地了，它正在擴大。」住在海邊的居民歡欣喜慶。

「可以構思沿海地區的建案，這是大商機。」建商謀劃著。

「準備爭鬥浮上海面小島的所有權。」政府官員思忖著。

這一切，起因於「氫」逐漸成為全世界最主要的能量來源。

無論是海洋、湖泊、溪河，或山泉、雨水、地下水，有水之處，就是人們爭先恐後之處。

水費節節上升，沿海地區的地價水漲船高，境內有豐沛水源的國家，在政治上就有優勢地位。

有的人因為有水發了財，有的國家因為擁有水變成強國。部分人們因為獲利而雀躍，但很快的，他們發現災難來臨。

先是雨量變少，全世界都鬧旱災，動植物缺水而死亡。

水嚴重不足，不能再當作娛樂使用，水上樂園都關閉了，溫泉旅館都停業了。土壤龜裂，鄉間的小溪乾涸，城市裡沒有任何游泳池或水族館。

對於洗衣、洗碗、洗頭、洗澡，人們盡量節省用水，改用乾洗或乾脆不洗。走在路上，蓬頭垢面的人比比皆是。如果有個人看起來總是很乾淨，還會被旁人指責他浪費水。（麗莎是個愛美的女孩，地球缺水，對她是很殘酷的！）

原先以為海水減量，正好抗衡溫室效應帶來的海平面上升，這根本是天真的想法。消失的海水，並不是變回極地的冰，北極熊的家園沒有恢復，大氣的臭氧層破洞沒有彌補。除了海水下降，其他溫室效應的現象依舊存在。而今再加上嚴重缺水，少了水來調節溫度，溫差愈來愈大，極端的嚴寒和極端的酷熱，也成為生物的殺手，令許多物種走向滅絕。

人們緊張了，害怕再這樣下去，自己也將走上毀滅之路。

到最後，人們放棄從陽光裂解水取得氫，他們終於明白，水才是最重要的。在能源短缺的情況下，人們回歸到早期的生活方式，從機器工業回復到手工業。無論農、漁、畜牧、養殖等等產業盡量以人力為主，紡織品、建築物一律採用天然材料，許多國家禁止私人擁有汽機車，推行腳踏車或馬車、牛車。

十九世紀工業革命以來，世界像一座正在建造的雄偉大樓，層層蓋上去，卻不知道什麼時候大樓歪了，重心偏了，最後支撐不住而整棟坍塌，留下一片斷垣殘壁。

留下的是紊亂極端的氣候、乾旱缺水的土地、苟延殘喘的生物、變色的大自然。

這兩三百年的機器時代，對於人類來說，像一場夢境。如今夢醒了，卻沒能回到作夢前的年代。森林大火接二連三，而且有變本加厲的跡象。工廠常常傳出爆炸的消息，消防人員疲於奔命。被火紋身的、葬身火窟的人無法估計。這些都是大量使用氫燃料的後遺症。火，成為意外事故之首，每年造成的災害死傷人數最多。人們聞火色變。在高度氧氣的環境下，不僅容易起火，一旦燃燒起來，速度非常快，甚至會引發爆炸。因此，人們從小就被告誡不可急躁冒進，動作要保持溫柔，深怕一不小心速度太快，摩擦起火。

在那個世界裡，人們不敢跑得太快，所有和奔跑相關的活動都被視作危險行為，賽跑、跳遠、跳高的比賽項目被取消，棒球、足球、籃球等運動都在速度上被嚴格控管。賽車也被禁止。一切有軌道的大眾運輸都改成磁浮列車。工廠裡的機器運作速度減緩，而且必須一直灑水保持濕潤。

社會上不再推崇分秒必爭的人，將之視為愚蠢衝動，認為慢條斯理的人才是高尚明智，甚至覺得遲到是理所當然，因為那表示「很有耐心且緩慢地完成每一件事」。

每天，世界各地都有或大或小的火災，消防車的數量直逼公車，以便隨時幫忙滅火。即使如此，還是無法阻擋大火的肆虐，尤其是原始山野森林，超出人類能搶救的範圍。

每當森林大火出現，地球上就有某一處陷入紅色烈焰，漫山遍野的蓊鬱老樹，數以萬計的飛禽走獸，就這麼被捲入烈火中，來不及發出一聲悲鳴就煙消雲散了。

當空拍直昇機俯瞰森林大火的畫面傳到人們眼前時，人們只能以同情的目光，望著那片被火啃嚙的景象，猶如一場找不到出口的紅色夢境，恐怖而絕望。只能等待能燒的都燒盡以後，殘餘一片死寂的焦黑，這才找到了出口。

大地處處都是焚燒後的傷疤，沒有人知道這個傷疤要過多久才能痊癒，十年嗎？百年嗎？復原的速度，漫長的像經過生生世世。

有時候，人們會想，火何不燒得更快一些，蔓延到所有的陸地，讓火海吞噬這個喪失速度的世界。也許，可以把地球上多餘的氧氣耗盡，從此終結火紅色的惡夢。

研究氫燃料

美國國會議場位於華盛頓的特別區國會山莊，建築雄偉，不亞於白宮總統府，國會含參議院和眾議院。當民眾想廢除已簽署的舊法令，如廢止「運輸業優先使用氫燃料」必須到參議院陳情而不是眾議院，而如撥出巨款執行大型研究案就是眾議院的責任了。

新澤西州女性黑人參議員詹尼對國會外示威抗議民眾說：「美國國會參議院已廢除氫氣運輸業專用條約，並通過一個法案，以漸減方式降低使用氫燃料，因全世界學者專家一一提出警告，大量使用氫燃料，是世界到處大旱災和大火災的罪魁禍首。但是，此後人類將會面臨極大的能源危機。」

加州眾議員瑪格麗特女士：「眾議院已通過撥出106億美元的經費，研究自木星和土星採取氫燃料回地球使用的可能性。」

其實眾院已通過迅速撥這筆款項給美國航空暨太空總署（NASA）。再由NASA找學術研究單位，撥出一億美元給學術單位。結果由偉恩州立大學的瑞克博士獲得此項研究費。」

這消息終於傳來了！

在實驗室裡當獲知此消息後，德拉博士說：「我用心申請此項研究費，卻沒獲得，使人滿腹懷疑。」

麗莎聲淚俱下、傷心欲絕、哭成淚人兒。她外貌美麗，內心卻脆弱，多情善感，容易感傷落淚，甚至嚎啕大哭。

德拉教授對著學生們說：「你們將來再不能靠獎學金念完博士學位了。」

麗莎：「關於氫元素的研究，教授和我們發表論文比瑞克教授發表多很多，為何 NASA 撥出來的研究費給瑞克教授，很不公平。」

威廉說：「是否有黑箱作業的可能？」

瑞克教授是在麻省理工學院的化學系獲得博士學位，主攻「量子化學」，卻對「統計力學」感興趣。他本來也有四個準博士的學生，但他發表的論文都是屬於「統計力學」的領域，一門以數學為基礎，發展出來的量子力學的替身。由於是超級理論的物理學，很難念，學生一個個轉念化學系較熱門的領域，譬如化學儀器學、聚合物化學等。理論化學都是比較優秀的學生在念，他們拿到博士學位後會去當大學教授。大衛上學期也選修「統計力學」，他在這門課也都拿到 A+ 的成績。

這學期瑞克發現大衛的科技見解很突出感到敬佩，所以約他到辦公室詳談。

瑞克教授的辦公室，是一個非常大的，比一般辦公室都大二倍以上的房間，他的辦公室是三面由可透視的玻璃窗圍起來的，陽光投射進去，顯得明亮輝煌，氣派十足。旁邊有四個桌子圍繞著，是給他的研究班學生坐的。房間光亮的很，只有一面牆壁不透光，牆上面掛著一幅莫內的印象派圖畫複製板。以深棕色檜木板，特別裝潢一排櫥櫃放置書籍。在主要辦公桌前面，有一組灰藍色的沙發。

瑞克請大衛進入他的辦公室內，他把門關上。此時已是下午五點，學生都下課回家了，整個主建築物內的人，稀稀落落，要談機密事是安全的。他一直想探查出大衛是否有秘密研究。

瑞克教授問：「你可不可以講一下你的宇宙觀如何？」

大衛：「宇宙大爆炸⑱之前，先有一個熱點，它是所有質量濃縮到一點。這一點是無限的熱度及無限的密度，所有今日宇宙間物質與能量都濃縮到這熱點。這些大部分是今日基本粒子包括電子的原始狀態，到了極限而且是無限壓力。終於把電子給擠破成碎片，釋放出暗能量。累積了無限大的暗能量觸發了『大爆炸』，過程中無數『小爆炸』一直在宇宙中發生，產生更多暗能量，也導致宇宙繼續擴張。擠破的電子

⑱ 宇宙大爆炸：又稱大霹靂（Big bang）由一個極大壓力和極端熱度的一小點起爆作，從此宇宙誕生，至今已 140 多億歲了。

粒的碎片就形成了暗物質，其量比暗能量少很多，雖然有吸引力但量較小，不敵暗能量的排斥力，因此宇宙還會繼續膨脹下去。」

瑞克教授：「大爆炸已經被大部分的物理學家接受了，你說暗能量與暗物質是宇宙最小粒子「電子」在無限大的壓力下被擠破碎所產生的。這是我第一次聽到的學理。」

大衛：「這個學理是真是假，需要研究來證實。」

瑞克：「你有沒有將暗能量與暗物質產生來源的想法，告訴過德拉教授？。」

大衛：「有的，但他認為我幻想太『大』了。」

瑞克：「我倒認為你的想法有道理，只是怎麼證明？」

大衛：「我哥哥在NASA當研究工程師，他和美國著名大學物理研究所人員有互相連通。我請哥哥幫忙在一個有名的物理實驗室，請原諒我，必須保密那一家，發現一個光怪陸離的狀況。」

瑞克：「什麼狀況？」

大衛：「當加以極端高壓時，氫分子的電子軌道會出現奇異現象。」

瑞克：「用什麼檢驗出來？」

大衛：「光譜儀照出來的光譜圖變樣了。」

瑞克：「那些實驗證據有保存起來嗎？」

大衛：「當然有。」

瑞克又問：「我問你一個比較技術性問題，如果你不便回答可以拒絕我。」

大衛躊躇了一下，心裡盤算，不能現在全部托盤抖出。

大衛很有技巧性回答：「如不屬於機密部分，我都會回答。」

瑞克：「你使用的壓力多高？」

大衛：「極端的高壓。譬如說地球表面壓力平均：1 大氣壓，這是人盡皆知的，而地球球心壓力約莫 360 萬大氣壓，但太陽核心壓力超過：1000 億大氣壓。極端高壓加上極高溫度造成氫原子核融合放出熱量照亮地球大地。」

瑞克說：「我知道你不想說。」

大衛欲言又止，最後默不作聲。

瑞克：「你這些想法是超前衛的，有全部不保留的講述給你的博士論文指導教授聽嗎？我的意思是包括用了多少壓力，及用什麼方法產生極大壓力，毫無保留出示給德拉教授嗎？」

大衛：「有的，我寫了一本很厚的研究報告給他，他嗤之以鼻。還說不可能用極大壓力就可以擠破基本粒子，如電子。可以往別的方向思考，如使用特殊儀器擊破電子等等。」

瑞克：「你願意跟我合作嗎？」

大衛：「怎麼樣合作？」

瑞克：「我本來有四個學生，其中二人是自費，二人有獎學金。三人離開了我，加入別教授行列，其中一位是有獎學金的，我準備把那份獎學金授予你。我聽說你的獎學金在下學期會被取消，如果我們合作共同研究『暗能量和暗物質』，我可以把剩餘的一份獎學金授給你。」

大衛聽到瑞克教授可以授予獎學金，眼睛一亮，心花怒放，這不就是可以解決他目前的困境。

大衛：「我們的合作要不要讓我的博士論文指導教授知道？」

瑞克：「不必讓他知道，他不會贊成的，因為擔心你會分心而影響到博士論文延期完成。」

大衛：「我們需要白紙黑字的契約。」

瑞克：「不必要了，這個獎學金是從一個學生轉到另一個學生，只要我從帳號撥出就行了。」

大衛從此在瑞克教授實驗室秘密研究暗能量和暗物質。

大衛為了獎學金背叛德拉教授，和瑞克教授狼狽為奸。大衛外表如書生，本來認為他不可能為了金錢走邪惡路途，背叛恩師。錯了，這就是人性弱點，他甚至將他哥哥的研究報告也出賣給瑞克教授，就是如此，讓瑞克以這些研究成果向 NASA 申請研究資助。大衛這個初生之犢不畏虎，欠缺深遠的考慮，一時就相信他，答應合作，就把全部資料都給了瑞克教授。

不過就在交出資料的那晚，大衛想到此，覺得有點蹊蹺，左思右想更覺不安。雖然是深夜也馬上打電話給哥哥，把這些詳情告訴他。大衛的哥哥答應明天馬上到 NASA 總部查明真相。

大衛哥哥隔天就查到真相了，NASA 發現瑞克教授犯了兩個罪過，一是他送審的研究報告是抄襲大衛的研究報告，二是他偽造有四個準博士學生。

大衛哥哥查看了瑞克送審的資料，發現研究報告是大衛兄弟一起寫的，大衛的哥哥本人有參加此研究，因此馬上對 NASA 官員做此檢舉報告。

大衛這幾天晚上忙著和哥哥打電話聯絡說明，直到很晚才上床睡覺。可是一大早室友威廉叫醒他，有急事必須到學校，他很不情願地起床，一直呵欠連連，眼睛幾乎睜不開。還是趕快整理自己，前往學校參加德拉教授招集的會議。

一路上還是睡意朦朧，差點走錯路。剛好碰上麗莎也趕著去實驗室和德拉教授開會。她大聲地叫：「大衛，你朝哪個方向去哪裡呀？」大衛才大夢方醒過來，再走回頭和麗莎同行到實驗室。

大衛問：「德拉教授這麼一大早，就叫大家趕快來實驗室開會，為什麼？」

麗莎：「我也不知道，他電話中只說校長提到一個賊，跟我們的研究經費有關，大家趕快到實驗室等他宣佈。」

正當德拉教授與他的學生們陷入痛苦深淵，前途茫茫時，他們在實驗室裡開會商量如何應付未來。校長過來請德拉教授到校長辦公室開會，同時也去請瑞克教授到校長辦公室裡。

校長說：「NASA 透急件公函中指出，瑞克教授申請文件偽造不實。」接著他對著瑞克教授怒吼道：「你只帶一個準博士學生，卻偽造有四個準博士學生，因此項研究有明文規定需至少有四位準博士學生才可以申請，你使用偽造文書申請此項特殊研究費，不符規定，已被駁回。NASA 已把此項研究費改授予德拉教授。」

校長繼續說：「瑞克教授！你這種行為，學校行政部門正在開會討論如何懲罰你。你更嚴重的錯誤是抄襲並偷竊大衛兄弟的研究報告。」

離開了校長室，德拉教授很興奮快步走回實驗室，宣告給學生知道這個好消息，他興奮的公佈：「我們獲得研究費了。瑞克偽造文書被大衛的哥哥檢舉成功，我們可以繼續完成我們的夢想。」

德拉：「請大家回去實驗室自己的座位。我實在忍不住很興奮，峰迴路轉，柳暗花明，這是我一生最大的研究經費。感謝 NASA 給我這個大機會，我們要成功的貫徹執行 NASA 所託付的重任！」

這一天對德拉教授與他的學生們來說，真是一個太值得可慶祝的日子，所以德拉對學生說：「中午我在酒香餐廳請客。」大家喜出望外，興高采烈，心滿意足的呼叫：「老天有眼，NASA 萬歲！」

大衛聽罷，心裡放下一塊大石頭，幾天來提心吊膽地，像做了一件虧心事，幸好哥哥明快的檢舉提報，使他能免於德拉教授的責備。昨夜整夜沒睡好，又解除了提心吊膽的緊張，大衛一陣睏意，便婉拒了教授的邀請，走回宿舍補眠了。

第五章

天空之外

神祕的暗能量和暗物質

人類所知道的宇宙中，有上千億的星系，銀河星系是其中一個星系。銀河星系包含了二千億顆恆星，太陽是其中一顆恆星。暗物質加上暗能量佔了宇宙 95% 以上，而且是肉眼看不見的、所有儀器也偵測不出的透明地區。人類所看到的及測量到的物質，如恆星、行星、衛星 及塵埃加起來還不到宇宙的 5%。

這要追溯到宇宙大爆炸之前，先有一個熱點，僅僅是個「點」而已。無以名狀，只好以「點」稱之。在幾何空間上是個座標標記，但若使用簡單的算術算出來⑲，這個點至少是銀河星系的 300 倍。此「點」包含著宇宙的一切。它有著無限的熱度及無限的密度，所有現今宇宙裡的物質與能量，都濃縮在這個熱點。這個「點」的原始面貌，全是基本粒子，包括電子的原始狀態。

當物質與能量濃縮到了極限，在無限大的壓力下，終於壓榨而將最小基本粒子「電子」擠破成為碎片，釋放出暗能量，無限制的擴張開來，形成初雛形狀的宇宙。破碎得幾乎

---

⑲ 宇宙原始點的體積：三百個銀河星系才能容納宇宙的所有恆星、行星，衛星、塵埃等等。

無形，所有基本粒子特徵盡失。人類無法用儀器偵測出其存在。「它」已經不是電子了，不會發出電磁波，它與人類隔絕了。在這過程中，宇宙持續發生無數的小爆炸，產生更多的暗能量，導致宇宙繼續擴張。

那些被擠破的電子碎片，形成了暗物質，人類也是照樣視若無睹，其量比暗能量少很多，因此，暗物質雖然有吸引力，但敵不過暗能量的排斥力，所以宇宙持續膨脹。換句話說，宇宙有暗能量會強力排斥星系，使它們不會互相碰撞，也有暗物質產生吸引力，使星系內的恆星不會被拆散。而全宇宙的恆星大部分是由氫氣組成的。因此，暗能量只會排斥氫，而暗物質卻吸引氫。

經過約莫百年的研究與發展，人類總算發明出能夠測量暗能量和暗物質的儀器。當人類能夠掌握暗物質和暗能量，就可以製造出不用燃料作為動力的太空飛行器。倘若要飛往木星，我們只需將暗物質裝進太空船，利用它與木星的強大引力，就能飛往木星。不過，這同時需要克服地心引力，因此我們也需要運用暗能量的排斥力，遠離地球。

不僅是太空船，飛機也能運用此一原理。只要在飛行站設置濃縮氫儲藏塔，利用暗物質的引力和暗能量的排斥力，去控制要靠近哪座濃縮氫儲藏塔，或遠離哪座濃縮氫儲藏塔，再加上空氣浮力的作用，就能製造出不用燃料的飛機。

火車亦然。當火車由這個城市開往另一個城市，路途中，經過數不盡氫儲藏塔。火車頭內裝設暗物質，與氫儲藏塔發生強烈的吸引力而向前進。當火車通過氫儲藏塔，火車尾部就改換暗能量，排斥剛經過的氫儲藏塔，幫助推動火車快速前進。火車就在無燃料能源供應下前進。

利用構成宇宙最大的暗物質和暗能量，取代傳統的能源，這無非是節能的極致，永遠都不會有能源耗竭的時刻。

浩瀚銀河星系

量子化學實驗室是個龐大的實驗室，實驗室進口門外右邊有一小教室，內部除了講台，還有二十個研究生座位。走進實驗室裡，左手邊的靠牆，擺設各種的化學儀器，右手邊的靠牆放置巨大的玻璃纖維櫃子，是做為觀察氫分子之用。中間放置兩臺化學實驗桌。與別的化學實驗室，很不相同的是，這裡有間暗室，是提供實驗分子吸收或放出有色光輻射線攝影暗房。

德拉教授站在講台上面，開始上課：「今天雖然在量子化學實驗室上課，但我們要談宇宙物理學。 我們申請到的研究費是針對木星氫分子的研究，研究如何急速到達木星的方法是很重要的一環，這是太空物理學的領域。」

德拉稍為停頓一下，眼睛朝下看，他在沈思，煞費苦心的思索了好一會兒，眼珠往上看，才說：「如果能夠找到抵抗引力的材料裝在太空飛行器裡，它會自行排斥地心引力飛上天空，再急速飛進太空，無須燃料。」

德拉在空中比劃，打開活動顯影的放映機，映出模擬太陽系行星活躍在各自的軌道環繞運轉。各種亮晶點盤旋在黑暗的模擬太空中。

他說：「太陽系的順利運轉是靠太陽的引力，與行星在軌道上奔馳運行的慣性保持平衡，相安無事，45 億年如一日，地球一直繞著太陽千回萬轉不息。這是大家知道的，下面的故事比較有趣。」

德拉於是說起太陽系與銀河系之間的故事。原來，太陽也繞著銀河系中心，以每秒 250 公里速度奔馳，比閃電還快百倍。說準確一點，地球以螺旋狀圍繞著太陽，跟它一起繞銀河星系中心運轉，繞銀河星系一圈需要約 2.5 億年。地球誕生後跟隨太陽繞銀河系重心轉，至今也繞不超過二十圈。準確算，才只完成十八圈，但地球繞太陽已 45 億圈了，太陽系在浩瀚銀河星系裡其實微不足道，有如蒼茫大海中的一粒小米。

地球在眾行星不斷的變更相對位置，各方較勁引力不斷的變動差距下，在崎嶇不平的軌道上蛇行、震盪。還要與太陽保持特定距離，使住在它表面的各種生物，各安其位，各得其所，人類也能生存，溫暖舒適。這些並不是學校物理課本上教的太陽靜靜的讓地球繞圓圈那麼單純。

德拉道：「地球若靠近或遠離太陽超過 5% 的正常距離地球就立刻不適合人類居住了，不是熱死人就是凍死人。而若地球質量少 5%，地心吸引力不足，空氣就會逸散消失，人就死定了。不信！看看火星的下場。質量多 5%，大象走不動，鐵定餓死啦。所以在銀河星系裡要再找行星和恆星，彼此拉扯吸引互相配對如地球與太陽，有如海底撈針，成功機會，微乎其微了。何況銀河星系的大多數恆星都比太陽老了，快進入坍塌過程而變成黑洞了。而且太陽如果小了一點點，它的中心重力不夠，氫原子之間不夠靠近，融合不成，沒有能量釋出，太陽肚子就漲不起來，它的外殼就會朝中心坍塌進去變成黑洞。我們夠幸運了吧，還幻想有智慧的外星人嗎？」

德拉教授滔滔不絕地說明這些太空科學的奇妙的基本概念，讓台下研究生做個回顧性的復習。

他接著說：「生物必須擁有優秀的 DNA 才能進化，否則在歷史洪流中早被淘汰了。不論 DNA 是來自動物、植物、細菌都是由五個基礎元素組成：氫、氧、碳、氮、磷，一個都不能少。在地球這些元素遍野皆是，隨處可見，生物才旺盛起來。」

他說：「想一想，太陽系裡擁有此五種元素的行星，僅地球一個，生物只好都擠在這悲慘地球。五種元素中的碳，在地球，到處有森林樹木和蔬菜，隨手可得。別的行星，如果有，也少到讓你找不到。」

他逗一逗學生的興趣：「如以矽元素代替碳元素也可以組成另一類的 DNA，說準確點，不再稱 DNA 了。雖不算優秀，照樣可以形成螺旋結構的雙股，類 DNA。因為碳原子和矽原子的外層電子結構類似，都是 4 個電子組成，1 個 S 和 3 個 P 的混合電子雲。兩者建構的 DNA 都會是雙股，呈現螺旋狀互相旋轉糾纏在一起，碳元素是「有機體」而矽元素是「無機體」。」

「如果這樣，木星的歐羅巴衛星，碳元素如果有，也非常少，就可由海洋底部硬殼核心的矽元素代替不夠的碳元素組成另類的 DNA，就可能有另類生物存在海底。另類生物的 DNA 就由碳和矽共同一起打造的碳矽化學鍵組成，它的細胞也一樣會充滿矽元素，全身就是最好的防火禦寒材質「矽」組成。有人將矽當作泥土，所以在嚴寒 -200 度 C 的環境可以生存。 碳與矽的化學鍵在地球的任何生物體是無法存在的，其他太陽系裡眾多的自然衛星要產生 DNA 所需基本條件還差得遠呢。」

「比如說歐羅巴衛星有『類生物』啦！但別高興太早，是半有機、半無機的大怪物喔！ 將來生物科學家是否會承認它是類屬生物，還是未知數呢！」

德拉在空中比劃一下，接著打開銀河星系的投影圖，說：「銀河星系內有很多黑洞，大的和小的都有，與銀河星系內的二千億顆恆星，包括太陽，圍繞著銀河星系中心運轉，說正確一點，不是中心而是『重心』。銀河星系是一個很大的星系，譬喻從東邊到西邊需要十萬光年才奔馳到盡頭，是用光速奔馳的喔。在中心一帶的大黑洞對銀河星系邊緣的恆星已經不夠力氣帶動，這可真是銀河星系還能夠生存到今天的奇蹟喔！」

威廉舉手說：「不然，是不是銀河系邊緣的星星早就遠走高飛，逃之夭夭？」

德拉手指著威廉：「說對了，銀河星系外緣被很多暗物質包圍，它會吸引外圍的恆星繞著銀河星系重心旋轉，就如太陽系的行星繞著太陽如螺旋般旋轉一樣。」

德拉：「我們可以利用暗能量與暗物質的交叉作用，來排斥星球離開，或吸引另一個星球降落，這樣子太空船的升空及降落就不需要使用燃料了。」

麗莎：「怎麼製造暗能量和暗物質？」她偷瞄了威廉一眼，他以微笑回報。昨天她約了威廉晚餐，情不自禁的向他示愛。

德拉接著似乎要宣示某種重大訊息，說:「驚心動魄的『大爆炸』發生在140億年前，宇宙誕生了。這個『大爆炸』還可以用儀器檢測得到的；還會發出電磁波的；還會發光的最小基本粒子，是『電子』。後來電子和質子配對成最小元素叫『氫原子』，『氫原子』互相融合轉換成較大的氦原子並釋放出大量能量，就如太陽天天燃燒似的。那次『大爆炸』也把大多數電子炸得粉身碎骨，變成消失不見了，而形成暗能量及暗物質。現在宇宙遙遠的邊緣，氫原子團受到強大壓力互相擠壓，同時還在繼續碎裂成暗能量，使宇宙一直還在無限擴展，這是現代物理學家極想瞭解的宇宙秘密。」

威廉：「德拉教授，我們可以把電子炸碎破裂，來形成暗能量和暗物質嗎？」

德拉：「那是在 140 億年前，大爆炸時的壓力無限大，溫度無限高時，電子才得以被擠破。現在宇宙某些角落，哪還有那麼大的壓力和高溫用來擠破基本粒子（電子）！」

麗莎：「教授，你還沒跟我們講在地球上怎麼製造暗能量和暗物質。」

德拉：「妳不要急，讓我賣個關子，這件事的過程很複雜。宇宙誕生的大爆炸的壓力是無限大，使最小粒子爆開產生暗能量及暗物質，而現在離我們 100 萬光年遠的宇宙還在不停地進行小規模的大爆炸，繼續生產暗能量及暗物質，使宇宙的體積在歷經 140 億年後的今日，還繼續在膨脹，星際萬有引力沒有達到那個強度可以把星球吸引回來。在我們銀河星系很遙遠的地方，氫原子、氫離子、電子在極端高超的電磁場，加速運行到接近光速，面對面相撞致使最小基本粒子『電子』撞破了，也產生少量的暗能量及暗物質。暗能量及暗物質不僅對宇宙向外擴展，還會對宇宙內擠過來，造成銀河星系邊緣累積很多暗物質……」

安德魯很少發問，但這下開口了：「宇宙是不是這樣永遠擴展下去？」

德拉：「直到所有宇宙的游離氫消耗殆盡轉換成暗能量及暗物質。宇宙的星際萬有引力勝過暗能量的排斥力，那時宇宙就會收縮變小。那已是幾百億年後的事了，人類早已滅跡不存在了。」

麗莎:「教授，您還是沒有講出在地球怎麼能製造暗能量及暗物質。」

德拉:「目前世界上，現在只有我知道如何在地球製造暗能量及暗物質，我哪會這麼快就告訴你們。妳要耐心地聽，最後我會告訴你們的。這好像父母的遺產終歸會被子女承接，只要不和父母鬧翻。」德拉暗示他把他的學生當作自己的孩子看待。

大衛:「教授，我也有夢想過，把電子炸破碎就會獲得暗能量及暗物質，是不是…」

德拉:「電子沒有那麼容易就被炸破碎的，傻瓜，它是最小基本粒子。」大衛感覺難為情，好在沒告訴朋友他的傻瓜夢。大衛的眼珠斜瞄了麗莎一下，他害怕在愛人面前丟人現眼。

德拉:「基本粒子在宇宙中，加速快到光速的情況下互相面對面相撞，產生暗能量及暗物質，我們就想辦法在地球上也模仿製造出同樣的情境來。這就是目前我們的目標！」

麗莎:「教授，你去搞做生意事業一定不輸於做學術研究，一個寶貴的產品，一定先做很多廣告之後，才拿出來販賣以提高售價。」

德拉:「好了，好了，我現在就拿出來販售。」

學生又笑出來，覺得上這堂課很逗趣。

德拉：「粒子束武器⑳，在二十世紀末，約 100 年前就開始研究，經過了 100 年後的今日技術才變成熟。」

德拉：「氫原子分離出負電子在強力電磁場加速到半光速，再和也同樣加速到半光速氫質子相撞，它們卻不會撞破，一個帶正電的質子撞上一個帶負電的電子，它們會產生什麼結果呢？」

麗莎：「物理學不是期待正與負電荷互相抵消嗎？」她又向威廉微笑但他卻視若無睹。

德拉：「宇宙有一股神祕力量不遵從所有物理遊戲規則。正電的單一質子與負電的電子太靠近時不會相撞失去電荷，而是相互擁抱起來好像愛子心切，旖旎和藹的母親見到久別回家的乖巧兒子，不但不會互相摧毀還擁抱起來，負電子好像兒子圍繞著母親正質子。而粒子加速起來的動能就轉換成暗能量和暗物質。宇宙有一股冥冥中、神明莫測的力量，氫原子中的電子與質子分開，它們一有機會就會再相聚，即使分別以接近半光速對撞，要它們破裂，偏不會撞到。所以說冥冥中，它們還是周旋在一起，然後放出暗能量和暗物質。這個冥冥中的神祕力量，說穿了就是『量子力』。」

⑳ 粒子束武器：Particle-beam weapon，帶電粒子束在磁場加速後，射出槍管的新式武器，殺傷和破壞力極強。

德拉教授最後以充滿感性和哲理般的敘述來總結這堂課，以這股抽象的愛意來比喻，這種微妙幾乎致命的似即若離、不即不離的宇宙奧妙的「量子力」。

盜竊技術

上次使用強硬綁架沒成功，還犧牲了二位間諜，東斯拉夫國這次使用柔軟技巧，會不會成功？某一天，德拉家門口站了二位神秘的人物。一個穿著很正式的黑色西裝衣服，戴著一頂俄羅斯帽子，另一個看起來像普通美國人。德拉用對講機問他們：「是不是有事？」

看他們點頭，經驗使他謹慎起來，戰戰兢兢地用戒指發收音器找中央情報局的人。

神祕人物說：「德拉教授，現在找人對您不利，我們這次來是要幫助您的，並且要保密。」

那位美國人自我介紹：「我名字是約翰，我是東斯拉夫國情報局的翻譯員。」

他指著同行的同伴者說：「他是東斯拉夫國情報局的人，雖然可以講一口流利的美語，但他還是找我來做伴。他有要事和你商量，可以嗎？」。

美國人的陪伴獲得德拉信任，於是開門，請他們進入客廳。這神秘的東斯拉夫人的真實身份是一個科學技術的間諜，他在東斯拉夫國情報局的地位很高，有權力分配研究經費及各項設備資源。

他說：「德拉教授，我們瞭解您和您的研究成就，我們不會妨礙你，只想和您分享成果。」他停了一下，然後繼續說：「您正在研究和發展製造暗能量和暗物質的方法，我代表東斯拉夫國，想要資助您的實驗，不知您願意否？」

德拉：「美國國家科學基金會和 NASA 合資對我的研究暗能量和暗物質每年提供一億美元的資助」東斯拉夫的情報員說：「我國願意提供您的研究費每年兩億美元，只要您把研究的結果也提供給我國分享。」

德拉立即心頭一陣震驚，是不是聽錯了？還是花言巧語的手法？這樣每年有三億美元的研究費。但想到這一個突破空前能源的偉大研究，讓人類得以遨遊太空即將在他的人生中實現，胸中膨脹著志得意滿，情緒舒暢，他毅然點頭答應。他們的交易終於成功，因是秘密成交，為了防止日後有證據被人發現而以科技間諜提起公訴，雙方同意不簽署任何有文字約定的文書記載，一切全憑默契，德拉沒想到此舉使他日後陷入生死殺機。這行為也導致雙方後來的生死纏鬥。那位美國人馬上開出十張，每張金額一百萬美元，無指定受益者姓名的共一仟萬美元銀行本票，給德拉教授，並說：「餘額平均十二個月付清。」

在德拉收取對方一千萬美元定金後，他也同意帶他們來到自家地下室去參觀他的實驗室。

有一個通道可以進入自家後花園的地下室，但深度有二十公尺深，坐電梯下去。電梯門打開就看到德拉的秘密地下實驗室，室內排滿很多管子，外面到處有電磁場用來加速基本粒子的流動速度。管子每一公尺裝上一組零件，就是德拉的秘密武器，零件裝有暗能量加強排斥力。另外零件也有裝暗物質，用來吸引氫原子的質子或電子移動快速。再加上原有電磁場幫助他們在管子內，流速很快達到半光速。

德拉在閃爍的燈光下，胸有成竹地解說：「這個原有舊實驗室僅能把質子和電子加速到半光速（光速的一半），在半光速的情況使質子束（很多質子成束的意思）和電子束相撞。在速度才達一半的光速度下，它們產生有如母子的親和力，無法衝擊到破裂，只讓它們相聚又形成原來氫原子，回收再當原料。在這過程中，半光速度的動能轉換產生少量的『暗能量和暗物質』。」

「今再有貴國支助的兩億美元，可以在此地底下更新設備再造一個較大的新實驗室，來供加速到近光速再對撞，可以獲得更多『暗能量和暗物質』。倘若以近光速相互對撞，雖然還是不會撞破，但會產生大量的暗能量和暗物質。帶一個正電荷的質子和一個負電荷的電子互撞，雖然還是不會破裂，但正電荷和負電荷會中和轉換成不帶電荷的中子和光子。本實驗副產品中子（無電荷），收集起來做另外研究，光子轉換成暗能量和暗物質。暗能量排斥氫，要裝在不含氫元素的耐壓容器。暗物質吸引氫，儲存在以濃縮液態氫為夾層的耐壓合金壁的大容器裡。暗物質是會很自然地就被吸收進入容器中。」

聽完德拉這番解釋，東斯拉夫人很滿意了，就說：「我們要離開了，後會有期。」

隔天德拉把這件新增經費、擴建實驗室的「好消息」告訴他所親近並選定的學生們。

德拉帶大衛、麗莎、威廉、蘇菲亞和約翰一起回到他的地下實驗室。

德拉：「這個實驗室只能加速質子和電子到光速的一半速度，所以產生的『暗能量和暗物質』較少。東斯拉夫國提供二億美元的研究費，可以立即擴建並增設一個大兩倍的實驗室空間在30公尺地下。那時就可以生產更多的暗能量和暗物質。」

麗莎：「教授，以後是不是要移到新實驗室工作？來完成這項計劃。」

德拉：「是的，你們都是我最親近且最信任的學生。與東斯拉夫國合作，已是勢在必行，為了全人類必須盡快完成。但美國政府若察覺，會把我們當間諜處理，所以一切行動都要格外小心保密。」

在各項秘密的增建開始進行之後，德拉所有的準博士學生移至地下新擴建的實驗室工作。每天生產的暗能量和暗物質雖然不多，但每日工作目標逐步完成，日積月累有如積土成山、積水成海，終於有了驚人的成果。

德拉提醒他的學生，實驗室到處都是電磁場，他們進入實驗室前都要換穿抵抗電磁波的特製實驗衣。實驗室裡到處都裝有暗能量或暗物質的貯藏機關，要利用它們使質子和電子增加速度。

朝來暮去，光陰似箭，暗能量和暗物質積少成多，已累積到足夠試驗好幾次無需靠燃料，但仍然需研製出借用空氣浮力而飛的飛行器，有如新型飛機再裝置配套新設備。

倘若在東邊築起貯藏液氫樓塔，而飛行器內裝暗能量，利用排斥氫物質的斥力，飛行器就能從東邊飛到西邊。若裝上暗物質，則能借由吸引氫物質的吸引力從西邊飛回東邊。

德拉在芝加哥市密支根湖邊，利用和中央情報局的好關係，多方遊說芝加哥市政府，同意在新機場內建造了一座三十層樓高的大樓，內有倉儲建物儲藏安全設計的濃縮氫液(名為氫塔)。此處也是飛機場管控航班起降的部份。

德拉也與中央情報局和密爾沃基政府合作，同樣建造一座飛行基地站，只要飛行器外殼全充滿暗物質，它就會被氫塔的強引力吸進飛行站，其他就靠駕駛員的技巧及技術。

這些技巧及技術有別於過去的飛行器，因此需要專業的駕駛訓練，大衛和麗莎被德拉選中示範駕駛技術，被德拉送到飛行器製造公司的模擬機受訓，兩人便展開為期兩周密集訓練，作為正式飛行前的練習。

訓練的第一天，大衛準備進入模擬機駕駛艙，卻看見一頭俏麗短髮的麗莎站在艙前，微笑地對著大衛打招呼，大衛眼睛一亮，剪去長髮的麗莎露出細滑白嫩的頸項，即便戴上眼罩型的顯示器，也掩蓋不住她整個人的光芒。他忍住心動，屏息靜思，調順呼吸節奏，因為接下來的模擬駕駛，他必須十分專注。

麗莎因為這次集訓，剪去原本披肩的秀髮，顯得整個人輕快自信。她想到訓練時能與大衛獨處一艙，讓她忍不住了份異樣的期待。在同學中，大衛的氣質神情早已抓住她的眼光，似乎從他身上，散發出一種神祕的自持、鎮定的特有男性魅力。而這次在密室共處，更醞釀出興奮的愛情波，她更不吝地放射出深深裹在緊身太空制服內嫵媚眩光，讓大衛全面接受，甚至回應她！

兩人對彼此都充滿悸動，但他們也知道這時必須忍住彼此由同學、朋友至情侶的情感中把持住，嚴格遵守飛航駕駛的各項臨機應變的程序，不得掉以輕心！

兩人進入模擬機駕駛艙後平肩坐下，全神專心在眼前共同的目標，注視主控台上的螢幕儀表，也要顧及顯示器眼罩的亮標記號，也得隨時配合指令來駕駛，兩人雙手平穩地放在顯示平板電腦上待命，不敢絲毫分心！在這由情侶意念必須轉變成革命同志的備戰情緒中，四隻手臂一如四支希臘神廟的拱柱，矗立撐起這個未知的無垠宇宙。

日復一日的虛擬航飛，必須迅速應變，卻又得控制情感，一波波情緒感覺陣陣衝擊著兩人的心意情思，有如潮汐般，考驗著他倆的意志力，直到順利結訓為止。

這一天終於到了正式飛航的大日子！

這次試驗無需燃料的飛行器選在芝加哥的密西根湖邊為起飛地，密爾沃基的密西根湖岸為降落地，兩處相距約莫 150 公里。德拉預先就把飛行失事可能性計算在內，所以新型飛行器底部造型如船底，以防一旦失敗後，飛行器還可當船在密西根湖上航行，避免發生災難。

試飛當天吸引了好幾千名觀眾前來觀看，飛行器上坐了兩位駕駛，正是大衛與麗莎，經過了兩周的密集訓練，他們倆的技術與默契已是天衣無縫。

飛行器準時在上午九時從芝加哥湖岸氫塔起飛，剛起飛時，飛行器便一陣不穩定的搖晃，還斜掠過水平面，差點栽跟斗到湖面上，這讓湖岸邊觀眾紛紛驚呼。過了一會兒，飛行器終於在湖面上約 100 公尺高處平穩地飛行。

大衛和麗莎在這段初次飛行短暫折騰的時間，都很忙碌地在控制駕駛，彼此互相鎮定且專注地，密切提醒對方，調整些微誤差的操作，順利降落在密爾沃基的密西根湖岸。但此時任務只完成了一半，接下來要利用暗物質與氫塔之間的巨大引力，讓飛行器飛回氫塔上。大衛和麗莎很熟練且平穩的交替使用暗能量和暗物質來調整速度和飛行穩定性，飛行器又在氫塔的吸引力之下，飛向氫塔，一路飛行更見平穩，最後兩人降落利用平衡重力和反重力平安降落，停在氫塔平台上。在飛行器安全降落的那個瞬間，每一個觀眾都歡聲雷動、興高采烈、紛紛鼓掌叫好！

大衛和麗莎走出新型飛行器，神色泰然，微帶笑意地接受群眾的歡呼。美國 CNN、英國 BBC、日本 NHK 都來拍攝報導。台灣網路新聞電視台是世界密度最高的，也有數台代表前來搶先報導，而且不忘紛紛介紹出身台灣的科學家大衛，並秀出他早期的照片及學習的過程記錄片。

自人類發明航空飛行器以來，每一趟的飛行無不耗費巨大的能源，這是地球上首次不需依靠能源的飛行，這象徵著暗能量和暗物質的時代即將來臨！

全球媒體的大幅報導這次飛行器科技的大突破，德拉教授變成了世界名人。他對外媒體宣稱，這次的成就歸功於美國政府國家科學基金會的經費支持。他的心扉深處卻感激東斯拉夫國的資助，第二個地下 30 公尺深的實驗室已完成並進入啟用階段，已開始生產暗能量和暗物質，產量比舊實驗室大約有 3 倍。新實驗室與舊實驗室的最大差別是地坪大了二倍，管子長度多出二倍，但新機器和新儀器發揮功效，進步神速。本來預估產能增加二倍，卻出乎預料，增加三倍。

這天晚上那位東斯拉夫情報人員和那位美國人又站在德拉家門口，德拉請他們進入。

那神秘的東斯拉夫人，隱含先禮後兵的口氣說：「我國情報局已資助您二億美元了，您發明的『無燃料飛行器』試飛成功已被世界主流媒體報導了，我國是否可以分享您的成就，讓我國也擁有暗能量和暗物質的生產技術？」

德拉：「很感謝貴國的資助，地下30公尺深的實驗室剛完成不久，才要正式生產暗能量和暗物質，如今仍然產量不多，是否等生產量夠了，才充分供給貴國？」

東斯拉夫人和同伴了解狀況後暫時先就離開了，看似一片和平的交易，卻即將牽涉出更多錯綜複雜的國際外交角力，經濟鬥爭。

當初德拉會答應東斯拉夫國的資助，他早知道若僅由美國政府一億美元的資助研究費，實在是不夠的，根本不能完成此實驗的任務。當然開始著手研究時，大家都沒有把握研究開發真的會成功，現在把這件合資之事報告給美國中情局知道，全部的研究費用是三億美元，其中二億美元是由東斯拉夫國資助的。這個實驗之所以成功，東斯拉夫國的貢獻不小。結果中央情報局的人對德拉照例是官僚的推拖的答覆：「中央情報局早就知道了。也開了無數次的高層會議，結論是：有外人資助，樂觀其成，中央情報局隱瞞了這件事，不讓國會知情。倘若國會知道了，反而敗了大事。國會議員一直想扳倒行政部門，以挫敗行政部門的所提的暗能量和暗物質製造為優先目標，所以故意把三億美元的預算砍到只剩一億美元。現在議員的陰謀失敗了，換句話說，就是行政部門的勝利。這種新科技是個大成就，天機不可洩漏，不能將製造方法洩密給任何國家，尤其是東斯拉夫國。」

德拉對這件矛盾爭鬥之事耿耿於懷，當初向國會申請金額明明是三億美元，卻被砍成只有一億美元，原來是政治因素。從此，德拉對美國政府忠心耿耿之情懷開始動搖，時而心煩意亂，且逐步萌生二心。

德拉教授心靈深處的良心折磨了他的身軀，使他失去食慾，體重快速減輕。德拉夫人催他去看醫生，被德拉拒絕了，他自己很清楚地知道他得的是心病。東斯拉夫國要求將製造暗物質和暗能量的技術轉移是德拉教授當初答應的，倘若不履行，可能受到報復；也終身將受良心的譴責。

於是某天，德拉招來所有準博士生到家裡開會，商量解決最近發生的事情，這是他當初內心曾預料的，必然會發生下列危機：東斯拉夫人會再出現要求技術轉移，但美國中情局會嚴格看管暗能量和暗物質製造的秘密技術。讓他幾乎人格分裂，近乎瘋狂的精神壓迫。

在德拉家的客廳裡，他把前天的事對大家講一遍：「那位東斯拉夫人講話變成尖酸刻薄，可能會對我不利，我邀請各位明晚起，在我家作客。暫時和我及我家人住在一起，以便互相保護照料。地下室的兩個臥室，每個都是雙人房的套房，麗莎和蘇菲亞居同室，共可住四人，一層住家有個套房的寢室可居住四人總共八人，剛好供你們居住。我有一種不祥的感覺……」德拉神情恍惚看著窗外。

一星期後，那位東斯拉夫人和另外兩位穿著黑西裝，面帶凶相嚴肅的大男人出現在德拉家門口，那位美國人不見了。德拉把太太和小孩藏在臥室，獨自一人在客廳看網路電視新聞。德拉打開門，那三黑衣人一擁而入，德拉猝不及防，被押往他們車子，有如盜匪綁架。

德拉的學生們分四部汽車在街上追逐，學生們因有四部車都開得驚險萬分，包圍並有互相擦撞汽車。匪徒使用東斯拉夫語，說：「老大，乾脆殺了他撕票。」

老大：「不行，要活捉才有意義，我們的目的要他活著到東斯拉夫國替我們製造暗能量和暗物質，殺了他，不就是前功盡棄。但他的學生好像咬著不放的瘋狗般的窮追猛打，看來就是要引來警察注意。若不放他，恐有牢獄之災。」

於是德拉被釋，再一次逃過生死關頭。

這件事報告給中情局，隔天德拉家的學生不見了，換了四位有經驗的保全人員，他們都是荷槍實彈的警衛人員，由中央情報局派來保護德拉及他的家人。

再過一星期，東斯拉夫國又派來四位身上暗藏武器的間諜要來捉德拉教授，這次他們上司認為活捉不成，也不能讓美國獨擁此種特殊科技人才，故命令如沒能活捉，則殺之。意思是東斯拉夫國沒有的，美國也休想擁有。幸好中情局的特派員早已有準備，當對方的其中一人從上衣裡掏出一把手槍對準德拉家窗口瞄準德拉，還來不及開槍，就被中情局人由背後開槍擊斃倒地，隨後另一個匪徒也掏出手槍，但立刻又被另外中情局的人開槍打死。另兩人知道事已敗露，火速逃離！中央情報局的人再次救了德拉。

德拉獲救後警覺這個實驗有外來政權要奪取，故必須加緊趕工盡早完成。他剛試驗完無燃料狀況下，載著暗能量和暗物質的飛行器，成功地從芝加哥飛行到密爾沃基。

在此之後，德拉接著想進行下一個實驗：取代傳統能源的火車。

於是在半年內，這團隊與底特律市政府和芝加哥市政府及相關的州政府合作，在底特律和芝加哥的鐵路架設安全濃縮氫液粗大柱子，每隔 1 英哩架設 2 個安全濃縮氫液大柱，分別位於鐵路線的兩旁；一個在左邊，另一個在右邊。兩市間鐵道距離 290 英哩，所以需要 300 對氫液大柱。大柱之間要截彎取直，讓氫液大柱之間直線相對，中間沒有他物阻擋。同時並訓練一批合格駕駛員實地演練，模擬操作一番，以求達到萬無一失的安全百分百。

當火車由底特律開往芝加哥市，就會經過 300 對氫液大柱。火車頭內裝有暗物質與氫液柱發生強烈的吸引力而向前進，當火車通過了氫液柱，火車尾部就充滿了暗能量排斥剛經過的氫液柱，幫助推動火車快速前進。

在駕駛時先放出較多暗能量，接著再放出暗物質，在一放一收的熟練技術操作下，火車就在無能源供應條件下行進。而首班火車無需能源的火車，便由底特律向前進行，最後成功抵達芝加哥市火車站。底特律市內街道也安裝了類似火車軌道旁邊的濃縮氫液大柱，汽車也像火車一樣在市內或市外街道上奔馳，不使用半點燃料。

於是在 22 世紀初，暗能量和暗物質的運用，開展了人類嶄新的交通運輸系統，一個無污染，無燃料的新紀元即將到來。

無需燃料的太空船

「粒子束武器」，這種武器的構想是在約莫 100 年前就已經開始，科學家用接力賽跑方式做研究，一代傳一代屢經無數次的改良，已經發展到很成熟的地步。無巧不成書，約莫 100 年前人類也還沒有發明儀器可以測量出暗能量和暗物質，只知道它們大量存在於宇宙，卻沒有辦法用科學方法直接測出，因為電磁波感應不到它們的存在，而電子破碎了也就無法發射電磁波。

現代已經發明了測量暗能量和暗物質的儀器。這是因為暗能量只對氫氣有排斥作用，而暗物質只對氫氣有吸引作用。宇宙有千億的星系，每一個星系平均包含了二千億恆星，整個宇宙的恆星有如恆河沙粒一般，無法計量。恆星大部份是由氫氣組成的。暗能量發出強大力量排斥所有由氫組成的恆星，包括銀河星系，而暗物質卻吸引含氫的恆星，因此若能取得宇宙中的氫氣，能源就再也沒有後顧之憂了。

時間的巨輪不斷向前，人類在科學方面的成就也愈來愈快愈多元。一千年前，一整年可能才只有一個發明，現在是每天就有許多種發明了。世間的科學，像狂濤巨浪、呼嘯奔騰、千軍萬馬愈跑愈快的向前邁進。幸好如今德拉團隊已知道如何取得暗能量和暗物質，使能源缺乏的問題得到了解套。

這種研究，中間歷經無數次的挫折與失敗，花費很多國家的巨額公帑。在歐洲、在美國先後建造好幾個大小不同的加速基本粒子對撞機，這些都是世界有史以來最大的機器。無數的物理學家日以繼夜的埋頭苦幹，把基本粒子，如電子、質子內的夸克㉑、光子等，送入巨大環狀電磁場，加速到光速，讓正質子及負電子對撞。

實驗了不知多少日夜，最後結果還是功虧一簣，達不到預期的成果，找不到暗能量與暗物質，也沒發現新的基本粒子。於是紛紛停止預算，各國政府的巨款投資泡湯了，不再從事這類的實驗。檢討失敗的原因，竟然指向投資巨額所建

㉑ 夸克（Quark）：早期物理學家認為原子核裡的中子是基本粒子，後來發現中子是由三個夸克基本粒子組合成的。

造極大型的環狀磁場，出了問題不堪使用。每當電子在環狀巨大磁場，加速到光速之前，會遇到巨大的磁場阻力，使電子動能損失，以致必需增加能源才能補救這個缺點。最嚴重的是，有些設備早就被拆下，另移做其他用途了。

巨型的環狀電磁場雖然失敗了，但科學家的先鋒部隊有破釜沉舟的精神，繼續勇往前進，導致後來「直線磁場的粒子加速器」的發明。短距離把粒子加速到接近光線的速度，不再是夢想。經過千辛萬苦的磨練與含辛茹苦的研究，「直線粒子光束對撞機」終於誕生了，人類已在悲慘地球奠定了宇宙最優秀的生物能源重生基地。

首先將氫氣分離成為兩個氫原子，再將原子分解成負電子和正質子，分別送入曲線和直線電磁場加速到近光速。然後送入對撞機產生 2 倍光速動能，就像二部汽車各以 100 公里速度對撞產生的能量等於一部汽車以 200 公里撞上固定牆壁。

加速到光速時對撞，才能使電子放棄負電荷，給正電荷質子變成無電荷中子。無電荷電子質量轉換成光子能量，再衰變（decay）為暗能量和暗物質。暗能量與暗物質，再各別儲藏於純鋼管槽內。純鋼管不含氫，特別適合使用做暗物質和暗能量的容器，不會產生引力或反引力（排斥力）。

當德拉所帶領的團隊兢兢業業地、逐步縝密的進行製作，他們已經儲存夠量的暗能量和暗物質，確定可以裝在太空船內。德拉教授正式把所有經過上述過程，製造出來的暗能量與暗物質，交給美國太空總署，安裝在新型的無燃料的太空船。所有太空船的外壁，使用耐高溫瓷片，以保護太空船升空時與空氣磨擦所產生的高溫。整個太空船的材料都不使用含氫元素的材料 ，如含甲基、乙基、丙基等類的聚合物，即是不使用塑膠品類的聚乙烯、聚丙烯、橡膠類的化合物等等。它們含氫，會影響暗能量和暗物質的排斥與吸引作用，所以使用鋁合金最適當。太空船的外殼也是使用鋁合金，分兩層間隔空隙，外層的空間連接暗物質的儲存室，而內層空間連接暗能量的儲存室。

太空船在半夜升空時，為了不讓太陽干擾駕駛操作，將暗能量由儲存室輸送進入內層空間，太空船與地球產生排斥作用，開始冉冉升起。太空駕駛員增加輸送暗能量，到內層空間使地球排斥太空船的力道，慢慢增加到逃逸速度而脫離，並擺脫了地球重力的糾纏。太空船升到離地球表面 1000 公里處就看到太陽了，它對太空船的排斥力道，比地球大到可以排山倒海，航行速度是愈來愈快，是物理學上講的「加速運動」。

太空人透過熟練操作暗能量和暗物質，可以同時使用以控制排斥與吸引力量，達到掌握太空船飛行速度。無燃料的新型太空船從地球出發朝火星方向奔馳，快要接近火星時，暗能量從太空船壁收回，送入儲藏室。因為火星裡外幾乎沒有氫影子，所以暗能量和暗物質對火星起不了作用，乾脆鳴金收兵，把它們通通收回儲存室。開始使用傳統太空船飛行方法，以繞道行星的彈弓效應飛行法推進。這種是利用前進中途的行星引力加速航行速度。已被公認為有效的不使用燃料，仍可加速航行速度的好方法。

為了讓此種星際旅行的方式更臻完善，NASA 以無人駕駛的方式，來利用暗能量與暗物質，讓無燃料的太空船在火星與地球之間來往試驗，為之後真正有人類搭乘無燃料的太空之旅鋪了前路。

魂斷南極洲

除了德拉教授外，世界各地的科學家無不為了水源問題而煩惱，其中「正反物質殲滅武器」便是一個重要的發明。這項技術和「線性粒子束對撞機」（Linear Hadron Collider，簡稱 LHC），差不多同時間被發明出來。LHC 是把加速到光速的一束正質子與另一束的負電子，對撞釋出暗能量和暗物質，但是「正反物質殲滅武器」是把一束負電子與一束就地製成的正電子（負電子的反物質），同時射向遠距離的同一點，使它們互撞，同歸於盡，互相殲滅並產生極大能量，以求能破壞敵人軍艦、坦克車、飛機等。這種武器在美國已研究了百年時間，才有今日的成就，它產生的能量大如原子炸彈，但是不會產生殺傷力極強的同位素㉒輻射線，只產生珈

馬 γ 輻射線，但很快就煙消雲散，不會留下好幾十年的輻射線，遺害後代子孫。

地球處於水窮火熱的嚴重缺水和大旱災，各方科學人馬來自亞洲、美洲、歐洲、澳洲都絞盡腦汁、索盡枯腸、也沒討論出一個方案可以解救悲慘地球。但車到山前必有路，船到橋頭自然直。

世界上有一個國家，位於東亞的邊陲，不被聯合國所納，卻地傑人靈出現了一位科學巨人，名字叫李台光。他出生在台灣，從小天資過人，尤其數理方面更是突出傲世，從國立台灣大學理學院物理系畢業後，在同校物理系研究所取得博士學位後專業研究「粒子物理學」，發明了負電子束與其反物質粒子，名為「正電子束」，由槍管內射出在同一目標相撞引起「殲滅（Annihilation）」發出極大爆炸有如原子炸彈。，「殲滅」的作用只會發出珈瑪射線（γ ray），破壞敵人設施，然後立刻衰變（decay）為光子。

他把理論轉為對人類有貢獻的「雙管殲滅槍」，理論上，

㉒ 同位素（Isotope）：氫原子有三種，第一種是原子核只有 1 質子，沒有中子，被稱為氫，第二種是多出一中子，被稱為氘，第三是多出二中子，被稱為氚。它們同是原子序 1，在化學週期表佔同位置。所有元素有類似此狀況者，皆是同位素。是週期表中，佔據相同位置的元素，簡稱同位素。

一個負電子與一個正電子相撞產生兩個光子，以相同速度朝向 180 度相反方向急速射出各一個光子共二個光子，並帶著強大的爆衝力。這種正負電子殲滅（Annihilation）雙管槍屬於全世界擁有，尤其歐洲與美國的貢獻最多，早期全世界已開發國家都投資參加研究奠定了理論及實驗基礎才造就了今天的成就，並使用在和平用途。

聯合國後來決議組成一支探勘隊伍，來使用這種「現代武器」是否能夠在南極洲的沃斯托克湖（Lake Vostok）鑽出一個四公里深的冰洞，使湖底下的冰水，如鑽取原油般噴出，讓人類暫時解除無水可喝的慘境。

台灣的李台光博士所組合成的「殲滅」雙管槍的槍管周圍被電磁場包圍，其中一個管子外層包圍著正電磁場，是讓正電子（反物質）通過槍管內時與槍管外層磁場互相排斥而不會接觸到槍管壁，如果正電子碰觸到槍管內壁，會引起強烈的正物質與反物質的大爆炸。那就慘不忍睹了。另外一個槍管不需要作特別處理，因它是讓正物質的負電子通過。聯合國已透過台灣政府向李台光購置到四把強大的「殲滅雙管槍」。

團隊由李台光領軍，共有 26 位科學家和一千名專業技工，前往探勘南極洲沃斯托克湖底下蘊藏兩千萬年以上的冰水，它與世隔絕，湖泊長 250 公里，寬度 50 公里，平均深度 400 公尺，水儲藏量約有 7,000 立方公里，重量 7 兆公噸。

他們初抵南極洲探測站基地，在一片白茫茫的冰原，削尖稜刺的冰山中勘察地形，研究動線走向。馬上進行裝置管路，趕工接通一條輸送沃斯托克湖底下，儲藏兩千萬年以上的飲用水到海岸邊。等待新製造完成的大油輪，還未裝過原油的輪船，刻不容緩地將湖底冰水裝入大輪船的大水槽，共有三百艘超大輪船輪流運送到各個鬧旱災、無飲用水的國度或需要緊急救難的國度。裝接管技工都須備有在嚴寒的氣候阿拉斯加或西伯利亞裝接輸送石油管道的豐富經驗。

首先將專業工作人員分成 200 組，每組 5 人照顧一公里的接管工程，全部工作人員要完成第一段 200 公里的任務，這個工程預計在一星期完成。全部約 1,000 公里的接管工程，必須在五星期內完成。南極洲的夏天每年從 12 月至次年的 2 月止，短短三個月時間，溫度由 -20℃驟降到 -40℃止。剩下不到兩個月時間也要夜以繼日趕工，反正在這裡日夜難分，太陽通宵徹晝好似夕陽躲在不是山外山而是冰山外冰山。必需爭分奪秒的與時間賽跑，迅速的從湖底抽水，由管路輸送到岸邊，然後再由大型的泵轉送入大型油輪，把管路接好，再將工人撤退出南極洲。

這一千位的接管專業工人，散佈在零下 30℃南極洲的夏天，在眺望灰濛迷雪紛紛的冰天凍地中，綿延近千里的點綴粒粒黑色人影，一片壯觀的景象映入眼簾。專業工人忙碌的裝接管子，12 月雖然是夏天，但寒風蕭蕭吹向臉龐，工人的鬍子結了一層又一層的冰霜，掉下地面，又結成新的冰塊。

為了安排接管工人到休息站，聯合國在每5公里就設立一個休息站，供25人居住。南極洲的夏天沒有黑夜，微弱光線的太陽害羞似的一直繞著天邊移轉，約莫24小時轉一圈，但很頑固地不會繞到天空的中央。

他們在兩個月內完成引出千古神秘深淵水源的飲用水，到1,000公里以外的海岸。沃斯托克湖經過二十一世紀初到今日科學家們鑿井取水樣本，以供化驗有否有古生物或菌種的存在，結果發現低種類生物存在機會很渺茫。為了燃眉之急，各國政府及聯合國都已同意用最現代的科技開採取出飲用水。不再堅持繼續研究湖底有否古生物存在。開採第一天使用如開採石油般的技術，在已貫穿4公里深的小孔上構築一個小塔，可以放置「殲滅」雙管槍。這雙管槍的發射是由十公里外的放射中心遙控。前面提過的雙管槍，其中的壹個槍管是使用強力正電磁場包圍，讓正電子（反物質）通過的管道，另外一個沒有電磁場的是讓正常的負電子通過的槍管子。

當正電子束與負電子束在2公里深的冰層中相撞引發了比原子彈威力還大的爆炸，冰層下的湖水就冒出來，如汽水般的噴出冰層面上空100公尺高度。在放射中心的科學家們都興奮地不分國籍歡聲雷動、歡欣地互相擁抱。

這次能由沃斯托克厚冰層下的湖水，抽水來拯救悲慘地球，多虧東斯拉夫科學家早就花了120年鑿通到4公里厚的冰層的貢獻，及台灣李台光博士及時發明了人類研究了百年的「殲滅雙管槍」才獲得今日拯救世界水荒的成就。

第一天開採成功，神秘水已不再有神祕面紗。在巨大輸送管子裡一股股可供飲用的清水朝向海岸邊的大輪船奔騰滾滾而去，流水暢通無阻。一千名的工人大部份已經回到本來的崗位，他們在遙遠的國度看到此壯觀場面，雀躍欣喜如脫兔奔馳，顧盼自豪。幾乎每人內心充滿喜悅來到這個世界，對人類有貢獻，就是沒白來這一生一世。此後還有100名的工人留守在沃斯托克湖上的厚冰層。

日復一日，時光飛逝，算看看今天已是抽水的第30天，油輪載走成萬上億噸的飲水了。大部份的油輪將水載運到紐西蘭南部的海港，卸下水就急忙返回，到南極洲海岸麥克默多站（McMurdo Station）等待充水。有些輪船將水載運往鄰近的澳洲南部和智利港口，因為運送水是一項與時間競賽的工作，只能載往離南極洲較近的港口。

大約再過了五天，差不多已經將冰層下湖水抽出一半了，也載回世界各國，按缺水狀況分配妥善。這時，一位輪值的資深科學家按照平日例行查看，冰湖上有沒有不正常的現象。

昨日已發現湖中一條狹長的裂縫，今日他又去相同地點查看，發現那條裂痕變寬變長而且有暗流湧出，並且開始有細碎的裂痕出現。科學家臉色忽然變鐵青，他立刻駕駛冰層上專用雪艇，加足馬力往放射中心直奔而去，口中氣喘呼呼，大嚷大叫著說：「不好了，冰層裂開了，快四分五裂，大家趕快避開逃命呀！」

大家紛紛逃往機棚，這時整個冰原開始出現越來越多裂痕，一個瞬間，冰山就立刻崩潰了，冰塊掉進湖裡，厚冰層下陷，發出恐怖的撞擊聲音。這是由於多次強大爆炸力，放出大量熱能，讓冰層底部融解變淡水，也使得沃斯托克湖的冰層一直融化，抽水的設備也紛紛掉進湖底不見了。科學家的簡單行李平日都放置在直升機裡，在緊急救命時可以立刻上直升機，走為上策。

這些來得及撤退逃命的科學家，包括李台光博士，共有26位，從直升機往外看，空中觀看湖中的冰塊，大大小小已裂開成千萬塊浮游在湖上，餘悸猶存。如果慢走一步，恐怕魂斷湖底了。

巍峨壯觀的湖邊冰山，氣勢磅礴，卻一個接一個，一排連一排如魚貫而行，紛紛崩塌。冰山繼續崩裂，才注意到100位專業技工有十多位掉進湖裡載浮載沈，有的已經被冰塊蓋住沉入湖底溺斃了，有的還爬上小冰塊上向直升機求救。

十架直升機平時是接送物資供應，如今緊急狀況則是提供人員逃生之用，五架已墮入湖底，剩下五架在上空盤旋。如果他們飛離了，不回去救那些現在與生命掙扎的技工，那麼這次冒生命危險來南極洲找水讓人類有水喝的意義就蕩然無存。所以李台光博士又指揮直升機回去放下繩梯，把站在小冰塊的工人救起放到未坍塌的冰層，再等更多的直升機來救援。所有留守的 100 名技工共有 87 名被救起，暫時放置在厚冰層上，剩下 13 名工人都殉職了。

經過這次驚險又慘痛的經驗，科學家全部聚集在澳洲雪梨大學禮堂密商如何取得更多水資源。已在南極洲沃斯托克湖底抽取出的水根本杯水車薪，不足以解全球之渴；人們口乾舌燥，想要解渴，還差得遠。商量了大半天得到下列結論：各大洋的海水會逐漸乾到見底，保持南極洲邊的冰棚（或稱冰架）已沒什麼太大的意義了。南極洲、加拿大海岸、格陵蘭海岸都有龐大冰架可供採取應急。

發明殲滅雙管槍的李台光也參加了此次的會議，他被聯合國聘請為此次科學會議的主席。大家都有這種採用冰架的共識，那麼就利用殲滅雙管槍，如原子彈般的強大威力，把地球上所有冰陸地都銷融，變海水供全體人類飲用，和轉變為氫氣和氧氣能源。

隔三天，科學家們又聚集在離南極洲羅斯冰架有五公里遠，準備用雙管槍朝冰架射擊。羅斯冰架的冰壁陡峭至少 500 公尺高度，高聳入雲，整個冰棚，大小如美國加州那麼大，上面很平坦，這個如一個中型國家領土那麼大的冰棚融化，就夠供應人類半年的吃、喝日常飲用及氫氣和氧氣存量。

地球上的冰棚加起來夠人類使用一年，這段期間人類一定要想辦法去木星和土星，採集運回地球更大量的氫氣，供人類製造水及能源。

這一天一切都準備好了，使用兩支安裝在一艘小輪船的殲滅雙管槍，因海洋水位低，只能使用小船靠近浮在海上陸地邊的冰棚。各大洲海岸的國家也準備好了自海洋抽取海水上岸提煉成蒸餾水。雙管槍各別射出的是「正」與「負」電子束，此乃由磁場的強度加速射出，沒有後座力。第一支雙管槍射出了，正中羅斯冰棚頂端平坦處中央，引發如氫彈爆炸的威力，強大到將羅斯冰棚一分為二，從中央裂開，冰棚四周的冰山，應聲裂開倒塌墜海，沿岸海水往上噴出約兩百米高。第二支槍又射出「正」與「反」電子束，「反物質」與「正物質」對撞的「殲滅雙管槍」射中兩個已分開的冰棚左邊那一大塊。爆炸產生的熱能，使陸地的海水沸騰起來，加速冰棚的融化速度。大海浪一波又一波洶湧澎湃的怒濤，朝著小輪船沖擊過來，船上科學家們同時摔倒，船變成 90 度搖擺傾斜，人根本無法站立，紛紛倒臥。船隻翻轉角度愈來愈大，終於被一個大浪給翻覆了。不得了，海水溫度才 5℃，船上科學家在一小時內身體失溫馬上會死亡的。幸好，一艘聯合國派出來的中型輪船，就在附近監視，馬上開過來救援，把所有科學家全都救起。上了中型船之後，才聽到聯合國另一只小船，在南極洲另一處大冰棚龍尼執行同樣任務時，也因船傾覆，船上科學家全數 8 人墜海，身體失溫過久，全部罹難殉職。

全世界沿海岸國家是這次任務的利益獲得者，他們把獲得的海水抽兩成付給聯合國，再由聯合國分配給內陸不接海洋的國家。

三個月後聯合國發現冰棚融解的水量已使用超過一半了，世界累積從冰棚獲得的水量無法渡過一年。於是各國重要領袖們聚集在聯合國開會，商量如何應付目前緊張的情事。有些國家領袖提出廢除「南極條約」，該條約「禁止在南極地區進行核爆試驗或處理放射性物質」。

這些領袖們認為已到沒水可用的地步，除非把整個南極洲陸地上被冰覆蓋了幾千萬年的冰層融解掉，還可供人類使用至少兩年。他們認為生存下去比「南極條約」重要。況且「雙管槍」也不是像原子彈及氫彈，爆炸後不會產生輻射線。只發出熱量，剛好被冰水吸收。

各國高層政治人物都一致同意「殲滅南極洲冰冠」才能獲得足夠量的水源。有前車之鑑，這次使用較大型的輪船，裝上四支「雙管槍」，開船到離南極洲前羅斯冰棚十幾公里遠處外，羅斯冰棚已不見了，因被上次「殲滅雙管槍」打中早已融解了。這次要對付的是覆蓋在整個南極洲上的冰層，平均厚度達 2 公里之深。

準備好了，第一支槍打中的地區是冰層厚 5 公里之處，爆炸後等它釋放熱能出來，大概可以融解全部南極洲四分之一的結冰。這些南極洲的冰已經冰凍三千五百萬年了，底下的南極洲陸地等了這麼久又要重見天日，在那麼久遠的古代日子，不用說人類，就是大部份地球上的生物也都還沒演化出來。

第二支雙管槍已準備好就位射擊，射出第二次殲滅雙管槍，其爆炸聲不大，但發出的熱能卻大過原子彈。科學家看到南極洲冰冠已大半融解，趕快補上第三槍和第四槍，然後眼見冰融成水浪翻騰如奔馬狂獸，一陣陣湧撲而來，輪船急速退後。但卻聞船上馬上有人唱「慶祝歌」翩翩起舞，慶祝任務完成了。

歌聲剛起不久，隨即船上有人大叫「天啊，大海浪就要襲來了！」後面遠處有一道高聳入雲的海水牆！又有人大喊：「不好了，是海嘯。」不到三分鐘，大海嘯推翻了輪船，像樹葉一般被翻沒，整艘輪船被海嘯吞沒在海洋裡。約半個時辰之後南極洲陸地得以重見光明，恢復億萬年前的景色風光，但是，船上 18 人全數罹難殉職，包括李台光博士及各國的科學精英專家。

在這驚濤駭浪的南極洲融冰取水任務，雖取得部份飲用水，但也痛失許多人類精英及科學設備；有人認為得不償失，亦有人認為當初評估錯誤。研究人員誤判融冰之後，沒預先防患大海嘯！也有一派科技專才更提議加速木星和土星的太空探索，以獲得氫資源，用以解救地球危機。

冰山融化，海面恢復平靜，在迷霧爆射中，南極即將進入半年的黑暗天地，而北極卻是永晝，地球仍舊運轉著。地球上的生物是否能繼續存活下去，而人類在地球上仍能扮演當主宰者的角色嗎？人類的未來是否可再重登南極洲創造一片樂土？一切仍是未知數。

第六章

巨星隕落

溫柔的小太陽

兩年前，當地球夜幕低垂時分，向南方眺望夜空邊際，銀河星系中，眼見浩瀚太空中，星羅棋布，有顆很明亮的星星。三年多前天文學家使用高解析度望眼鏡才發現的，但最先只把它當作普通的恆星，沒人理會它，其實它是一顆詭異的恆星。最近卻像太空魔鬼搬的越來越亮，越逼近地球, 在地球白天，肉眼瞧得見。

幾百年來，天文學家都沒看到它，因為它不在那裡，如今，天文學家卻安慰民眾說：「它從離地球遙遠處移動到現在，只有 300 光年的距離才被人類發現，中間經過了不知多少年代的時間，上次在地球看到它時，人類可能還是在蠻荒紀元，根本沒人知道它的存在。現在看到它的光芒，是 300 年前從它的表面發射出來的。」

這顆恆星最近緩慢地出現在天空，天文學家給它取名為「山頂 1 號」巨星。當然它是三年來天文學家的最熱門研究對象，已算出質量比太陽大 10 倍，亮度為太陽的 6,000 倍，其他的一無所知。

這顆狀況很獨特的星球，是什麼條件讓它誕生而且生存下來？所有恆星都用大約相等的速度在繞銀河系中心公轉。

在微小分子世界裡，量子力學控制一切物質的行為。在短距離的星球之間如太陽系裡的星球之間卻由萬有引力操縱。太陽與最近距離的比鄰恆星相距 4.22 光年，這麼長距離，萬有引力已失去效力。所以這種中距離如銀河星系內恆星的相對距離變化不大，星座的形狀、大小數千年來都沒有大變化，讓人還可以辨識獵戶座、天蠍座、金牛座、人馬座…等 88 星座，為何？因為不管大小都是由暗物質載負運行繞銀河系的重心公轉。就像一條平穩的小溪流水，水面上的大樹葉和小樹葉都跟著流水速度流動，因為流水黏住了樹葉的力量比大樹葉和小樹葉中間的萬有引力大，所以樹葉的相對位置變化不大。樹葉有大小之分就如天上繁星（恆星）也有大小之分，但隨著暗物質像溪水般流動圍繞著銀河星系重心。大黑洞裡的氫氣強烈地吸引暗物質旋轉（自轉），所以恆星的相對位置不太變動，星座就不會變形。

天文學家一直走錯路，公認暗物質有質量？有質量的話，就與質量大小有關的萬有引力牽動大小不一的恆星，以不同速度繞銀河星系重心所在的巨大黑洞做公轉。這樣的話，幾千年下來，星座不會變形嗎？

但其實有個新發現：暗物質是沒有質量，也就沒有萬有引力，它對氫氣的吸力就不是萬有引力。暗物質與氫氣的互動，不是電磁波互動，也不是原子核內的大或小的力量，暗物質發出的力量和已知的宇宙四種力量不同，那麼，是不是第五種宇宙力量呢？這是推理出來的，有待未來物理學家，以實驗證明。長距離的浩瀚宇宙中，星系與星系之間的距離，都是以數十萬至數百萬光年計算，星系與星系的互動是由暗能量所支配。暗能量如果不減少，宇宙就不會停止膨脹。

而那顆奇怪的恆星卻像中邪似的，比別的恆星繞銀河重心快速，已經快逼近太陽系的星球。它為何有這魔力？經天文學家不眠不休的研究，終於發現它與眾不同。自從天文學誕生以來，人類被蒙在鼓裡幾百年了。可是它的存在應該已幾十億年了，現在才發現了它，雖然離地球幾百光年對人類是遙不可及的距離，但在浩瀚銀河裡都以幾萬光年計算的距離，算是一小步而已。它的出現，起初讓人類感到多一個溫煦小太陽的小確幸。

每當夕陽西下，夜幕淡淡灰色而緩慢地覆蓋大地，朦朧夜色漸漸進入黑暗。此時華燈初上，呈現在南邊天際的卻是小太陽般的巨星，姍姍來遲卻露出溫柔的光芒四射。它的出現把剛開始低垂的夜幕又掀開起來，從天際的南方注入一縷溫柔的光芒。這種朦朧的微弱晨光，追隨夕陽西下時光腳步而來，好似山上老虎走了，小兔子才敢出來，它恰似給有情人在綿綿延續的美好黃昏及時送上一籃繽紛色彩的溫馨花朵。

在二十一世紀末，男女情愛互動已充分自由且開放表達。在公園湖畔、綠地原野，有情人處處可見，但他們並非為了結婚而談戀愛，它已經不是終身大事了，一直還保持情意濃密的情人是為了晚年作伴才結婚的。避孕的技術已登峰造極，有的只是當情人終其一生，這些情人們在一起之前，一般透過個性分析、人格特質、擇伴需求的篩選、配對，終生都有講不完的刻骨銘心的愛情故事，每天互相以戀愛的刻骨銘心關懷對待情人，他們不會有結婚變怨偶這回糗事。只有想養自己孩子的情人會提早結婚生子養女，大部份情人選擇退休後才結婚作伴渡過餘生。有人領別人的孩子來養育。另有些情人在擇伴時喜歡人生路途可享有好幾段不同刻骨銘心的愛情，他們就會自然分手，天涯海角另尋覓新情人，無需赴法院尋求傷心離婚，他們會不會保持朋友 關係不重要，重要的是沒有變怨偶。這是在公元 2095 的年代被社會接受的男女愛情觀。

不只科學或科技輪流在賭盤上越轉越快，百年來十賭九奏捷。在這年代社會、人文、文學、宗教的動態和靜態，就像愛情觀和科技同時與時俱進。宗教的進步對社會長遠有益，但對宗教本體是退化性的論述，宗教的逐漸退化就是社會的進步。如果進化論是正確趨勢？應該是吧！因為所有生物都在同時進化，只是人類進化最快，所謂物競天擇，不快的或慢吞吞的已經在好久之前就被淘汰了或者正淘汰在歷史的巨輪中。

世界各國，尤其青少年更沾沾自喜，因為獲得了一個來自非常遙遠的小太陽，日夜與太陽輪流照耀著這個夠慘淡的地球。每當耀眼的太陽過了熱氣騰騰的午間後，望著溫熱猶存的夕陽西下，南邊天際一個不會發熱卻帶給人類羅曼地克、溫柔光明的小太陽就冉冉升起，它永遠只待在南邊遙遠的天際，向四方散播光芒到地球的空氣層，透過折射將初夜的黑暗大地轉換重新籠罩在藍色的朦朧天空，悲慘地球瞬間感到絲絲的溫暖，瀰漫四方。

此時情人最怕明月高照。現在整片朦朧淺藍色天空，情人正可以名正言順地表明戀愛是人間最美麗的夢幻溫床，尤其在朦朧中籠罩在日夜不分的氣氛和情調下，這顆小太陽給全世界的情人帶來歡樂和幸福。

回憶兩年前，威廉對小不點蘇菲亞開始「愛在心裡口難開」時，大衛卻對麗莎情有獨鍾，兩人經常在不期而遇或相約的夜晚萬里微雲，繁星滿天鑲嵌在黑色天空，夜黑人靜時，躲進黑暗裡，常被懷疑在搞不可告人的美麗遊戲。

蘇菲亞的個子正如男同學給她取的綽號「小不點」，以美國女人的體格標準來說不算高；但相對的健碩魁梧的威廉剛開始對小不點的情愫總保持在「愛在心裡口難開」，他的內心深處似乎躲藏一個細膩柔情、脈脈恬適又自在的女子、像蘇菲亞一樣的，內心思慕著，這也是一種幸福吧！後來怎麼變成苦戀，是誰一直要破壞他們的愛情？

直到後來威廉追求蘇菲亞，在同學間不是秘密的了，他們的愛情不是一見鍾情。記得這群同學第一次見面是在開學時，在學校旁的酒香餐廳聚餐，那時沒有看到威廉和蘇菲亞互動過。蘇菲亞雖然非窈窕淑女奪目出眾型，卻是溫文爾雅的女子，蘇菲亞的大姐念完了醫學博士學位後，在底特律市立醫院當公共衛生的醫生，蘇菲亞對威廉說她姐姐，去年把市立百麗島公園裡的林木帶有傳染病的昆蟲一舉消滅乾淨，這表現得到市長極力肯定，有望升任為底特律醫院院長。母親是單親媽媽，丈夫醫生和漂亮的護士有了外遇後就離婚遺棄她和女兒。她是個很稱職的婦科醫生，除了專心她的職業外，把剩餘的精力和時間都用在教育二個女兒身上，全力栽培她們。蘇菲亞的家人都當醫生，所以她應擁有優秀的基因。

威廉不是不愛麗莎，是不敢愛麗莎這種亭亭玉立，又艷麗又能幹，具有難馴個性的女子，一旦做了情人，恐怕不是他能處理的人情冷暖。但是，他卻被麗莎一直糾纏著追求不放。

蘇菲亞是個秀外慧中女子，她經過威廉不斷追求，終於陷入情網。她起初也很像威廉逃避麗莎的追求那樣，一直避開威廉的追求，因為她恐懼天下帥男人會比較風流，有她老爸陰影跟隨，她絕不願重蹈母親覆轍。後來知道威廉的大兄長得也帥，但不會風流，才放心地敞開心扉墜入情網。

威廉曾屢次聽到大衛談到男女情愛「緣分」、相知交往的東方玄理，忽然記得有首錯放愛意的情歌，那是一首 100 年前台語歌手陳盈潔唱的英語翻版歌就在宿舍裡唱給大衛聽：

「人說這人生，海海海海路好行，不通回頭望，望著會茫，有人愛著阮，偏偏阮愛的是別人，這情債怎樣計較輸贏……」

威廉：「大衛，你是我的恩人，請別誤會喔！我沒打算追麗莎，我心中只有蘇菲亞。你要趕緊追麗莎喔！」

大衛無言以對。其實每次看到麗莎，她全身散發天生麗質，百媚千嬌，回眸嫣然，一絲微笑，都會讓天下大半男人心，融化了。

大衛聽了威廉一席知心話，終於提起網路無線電話發出影音訊息給麗莎：「嗨！是我了。」

大衛：「昨夜妳曾說，想看小太陽清楚點，今天我買了望遠鏡了，放心，是美國製的。我今晚帶妳去底特律百麗島公園看南方的小太陽，那地方附近有底特律河經過，我常去那裡釣魚，很熟悉地形。現在的晚上還亮著，不像以前摸黑，這都是拜小太陽之賜。六點載妳去麥當勞用晚餐後再去公園，好嗎？」

麗莎：「去麥當勞喔？不如在家用餐。」

大衛：「好，底特律大飯店的法國料理大餐，好嗎？」

麗莎：「這才像話！」

兩位同學兼情人，終於來到公園的一處瞭望台，站上公園的高台處瞭望南方，很清楚看見熠熠閃耀的「山頂 1 號」小太陽。

麗莎從望眼鏡眺望它並叫出來：「好美，肉眼直接觀賞不會刺眼，太陽才不會這麼客氣呢！」等她看夠了，才遞給大衛。

大衛拿著望眼鏡；由這鏡頭更感受到光亮燦爛的大星球；「真的很美！妳看，它前面幾個小星星變成黑點，以前光這些小星星不是都閃爍發光嗎？喔！我猜這些小星星比較靠近地球，發光量比不上小太陽而被小太陽的強光湮沒。我們正在看一個宇宙奇觀——小星星的『星蝕』？」

麗莎：「有日蝕、月蝕，卻沒聽過『星蝕』！」

大衛：「好像小孩遊戲，在 DVD 第三代叫 BD 藍光及第四代 BD 紫光什麼的有聽過。那是小孩世界裡的卡通奇幻故事，大人世界裡，好像沒聽過。所以說，這是『宇宙新奇觀』！」

麗莎忽然有種奇怪的臉色說：「你待我真好。拜託威廉來陪我，可是他老是推說他忙著照顧蘇菲亞，有什麼困難就找你幫忙，你會很樂意陪我。你是他的室友，我要請你轉告他，不要待我那麼神氣，我要你告訴他『蘇菲亞是患有氣喘病』的喔！」

大衛聽了，從他神情看得出來，頓覺得心灰意冷，他自己內心知道，她愛的仍是威廉，不是大衛自己。

在這同時，威廉正在黃昏時刻的實驗室內苦思苦等著，怎麼邀約蘇菲亞來個正式約會！

威廉將天掉下來的美女麗莎推向大衛有違常理，但威廉能恢復獎學金才能念到獲得博士學位，是大衛幫的大忙！是大衛燃燒自己照亮了威廉，這份情，恩重如山，威廉一直找機會報答大衛。何況威廉真的愛上蘇菲亞，他愛淑女也愛美女，只是這個淑女含蓄待人的特質，特別吸引他。那個美女麗莎他不敢碰，留給恩人大衛吧！正好這時候，威廉網路電話響起，他接起電話：「蘇菲亞，妳在那裡？我很想念妳，我回宿舍換運動鞋就去找妳。」

蘇菲亞受到父母的離異，勞燕分飛，對愛情心存恐懼。近日受到威廉溫情攻勢，開始回溯過去年青時，對愛情的憧憬。如今，撥開迷霧看清現實，於是見到晴空萬里，而對威廉發生真愛。

小太陽是超新星

德拉教授曾被東斯拉夫間諜綁架過二次，幸好，中途獲救。從此，除了教課和做實驗之外，鮮少和他人接觸。他委託大衛，邀請博士班同學在星期六來家裡聚會並享用牛排晚餐，由師母當廚師，她的沙拉和親手烘焙的麵包拌希臘進口的高級橄欖油的廚藝，是同學們渴望已久垂涎三尺的。還有，德拉私藏的西班牙北部生產的葡萄酒，頗負盛名己超過法國了。

在聚餐開始時，德拉想到上星期大衛曾單獨和德拉相處時，向德拉訴苦，大衛苦惱抱怨說自己掏心愛戀麗莎，她卻只願做朋友，帶她去觀賞小太陽時才知道她愛的是別人。德拉安慰大衛，說明演變了約莫 50 年時光，現代年青人不急著戀愛結婚這回事，這尋找伴侶已經不是年青人的終身大事了。鼓勵大衛要有耐心，不然，追求別的女子也是人生快樂的事。何必苦苦單戀一人。

於是聚會一開始，德拉變故作輕鬆的說：「我們今天不談功課，但可以在我家談戀愛喔。」

德拉要求不談功課，但可以談戀愛。哈！哈！，大家聽了都笑了，輕鬆地。

德拉：「雖然輕鬆了，但今晚我要告訴各位，全球正面臨一個巨大危機。」

蘇菲亞：「是不是缺水，缺氫，到處火災？」

德拉：「更嚴重的。」

大衛：「您指的是那顆明亮的小太陽嗎？」

德拉暫停下來，先使用自波蘭進口的螺旋攢打開葡萄酒瓶蓋，在每人的杯子倒了半杯，棕紫色的酒光，映在每個人的臉上，大家開始彼此先敬酒。

德拉突然收起輕鬆的語氣，略帶嚴肅地仔細分析這小惡魔化身的超新星：「這顆小太陽，準確點應叫『巨大恆星』，我從天文學會的朋友打聽到的消息是非常悲慘的事，怕人民恐慌搶購糧食，政府下了封口令。小太陽的位置在船底星座，是個巨大的恆星，質量大到太陽的10倍左右，亮度卻是太陽的6,000倍，我們現在看到的是300年前發出來的光。」

「質量實在太大了，小太陽氫融合放出來的輻射線，也可以稱它光子，其中非常小部份叫『有色光』，射到地球畫出五顏六色，應該是五顏七色，牛頓發現有色光包含七色的繽紛彩色，發明『六色』的人可能不是在形容顏色吧！不過，輻射線或光子敵不過小太陽自身的重力，三百年前就已撐不住了。氫融合速度不夠快到產生足夠多的光子（副射線）和熱量支撐整個巨大恆星的重力，使不致於坍塌造成毀滅。為了自救，氫融合的速度有加快腳步，產生大量光子（光線的運送子）射向銀河星系，所以特別明亮。」

德拉意猶未盡地又說：「恆星的質量太大會有麻煩的，它的強大的萬有引力，就像地球有地心引力，星球在也有星球中心引力。強大的重力會迫使星球中心快速氫融合，放出更多光亮到宇宙。如果太快，產生的氦原子夠多，就會開始氦原子核與氦原子核融合產生更重的元素『碳』。氦原子就如傾盆大雨般的朝向星球中心集中，重量排行最輕的氫原子，就浮出到球心外層，照樣繼續氫融合。球心就完全被氦元素佔領。我們現在看到的這個小太陽是300年前的狀況，它是超新星。」

麗莎問：「什麼是超新星？」

德拉：「超大恆星經過漫長時光到達晚年只剩兩條路可走，第一條是星球中心氫原子核融合，所放出的輻射線和熱量已不夠對抗星球龐大的重心引力，星球外殼的氫氣就往球心崩塌，並且不規則地融合不同種類的原子核，變成較重的元素如碳、鎂，矽、鐵等等重元素。演化到最後變成黑洞，黑洞裡的氫元素還是佔最多的元素。恆星是純粹氫元素組成的，黑洞有重元素存在。體積又很大，當然質量大得多了。」

大衛：「那第二條路是？」

德拉：「星球外殼氫氣坍塌陷落星球中心時，所有原子核來不及融合成重元素，星球中心的輻射線溫度太高，以致星球多成壯觀的超新星臨終大爆炸；這時發出極度高熱能，使它在太空中突然發出熾明的亮光，經過幾個月，然後熄滅，消失在太空中，結束它的一生。」

從神情看得出來，德拉是利用今晚聚餐時警告他的學生，小太陽的來臨是福是禍未知，要大家多存戒心。

德拉：「重點是，大爆炸後會發生什麼事？沒人知道。我擔心小太陽在300年前已經爆炸了，它爆炸後的狀況隨時在地球上觀察到。如果是這樣的話，大災難隨時降臨地球，到時全球就難逃悲慘命運了！」

蘇菲亞：「最新一期的宇宙雜誌有一篇文章，預測暗能量是基本粒子光子破裂產生的，而不是另一個基本粒子電子破裂產生的，電子破碎只產生暗物質。這是非常聳動的新聞，因為太新的觀念，天文學家來不及反應，對？還是錯？」

蘇菲亞：「作者預測暗能量速度會超光速，我覺得很有道理。」

威廉含情脈脈望著蘇菲亞，說：「有道理喔？我們洗耳恭聽。」

蘇菲亞：「大家都知道，光子有波動性質，也有粒子性質，當光子碰到電子，它會折射，撞飛電子㉓，這是粒子性。但是，它能同時穿過鄰近同距離的幾個小洞，我說同時穿過喔！這不是波動，什麼才是波動？」

麗莎：「這算什麼道理？這是高中學生都懂的。」

蘇菲亞面對情敵發問，從容不迫回答：「對！那是誰都懂，我是用它做基礎來解釋為何宇宙雜誌的作者預測暗能量速度可比光速快。」

蘇菲亞：「光子移動途中遇到阻力時，就千鈞一髮變成粒子，去除障礙後恢復波動繼續移動，瞬間變粒子，它也就瞬間有質量，速度會比光在真空中移動的速度慢。因為在真空中全部以無質量的波動進行，無任何阻力下最快，所以真實宇宙中的光速比在真空中速度慢。重點是暗能量在比賽全程中都是無質量，速度之快，獲得冠軍，勿庸置疑。」

德拉：「小太陽，這顆超新星的中心，氫核子融合都耗盡了，開始氦核子融合，放出更多熱量和光子。外殼坍塌後重壓星球中心，將靜態而且有質量的光子壓碎了，然後大爆炸

㉓ 又名光電效應，光束照射在金屬表面，將電子敲擊出來，是光電效應。此發現導致發明了電視機。

再將暗能量推至超光速，再以超光速襲擊地球。記得嗎？暗能量排斥氫元素的力量在宇宙也是冠軍喔！。」

彼此言辭交鋒到此，眼見桌上沙拉、麵包已剩不多，師母接著端出每人期待的牛排與烤魚，親切地說：「上主菜了。」

大衛心懷感激地、若有所感地說：「我小時候在台灣長大，長輩都說用餐不要講話。美國才不是這樣子，家人都在用餐時溝通感情暢所欲言，也是對小孩家庭教育的最佳時刻。」

沙拉又一大盤遞到德拉面前，他停止說話。他很喜歡老婆做的沙拉，不僅味道好又是健康食品，連照顧眼睛的黃色蔬果都有充足準備，真是賓主盡歡。

學位口試

在每年五月份，總有一批博士班必須總結二、三年的學習成果，參加這緊張又艱苦的「博士學位口試」

想獲取博士學位，及第成名，必須通過的口試測驗，很多追求博士學位的同學，念了三年甚至五年還可能在口試被當掉。大衛、麗莎、威廉、安德魯、約翰、蘇菲亞都是同一期的量子化學博士班同班同學，除了安德魯的博士學位指導老師是瑞克教授外，其他五位都是德拉教授指導的博士生（正式名稱是博士候選人)。這一期的博士候選人，很多在三年中途被淘汰了，選課不及格被擋掉的最多。

首先要求資格考試，接著是無數次的專題研討會，全系的教授及研究生都來傾聽，會中博士候選人站在講台上當教授的模樣，教授坐在椅子當學生，會中和會後都要接受教授們的置疑，必需解釋清楚。撰寫論文發表在著名專業雜誌。無數次的電腦計算，成功的，失敗的程式輪流轉，寂寞又漫長的實驗室生活，最後壓軸戲是一定須要通過的「口試」。

系所辦公室早已公布口試辦法，並張貼在公布欄上：

博士學位口試採用每次兩小時制，早上八點鐘開始，
一天口試三人，早上 2 人，下午 1 人
第一天上午大衛和麗莎，下午威廉
第二天上午蘇菲亞和約翰，下午安德魯
地點：化學教室

早上八點前大衛比六位口試教授先進入教室。後來教授陸陸續續進來，全部到齊之後，系主任宣佈：「口試開始，第一位由瑞克教授口試大衛。」

系主任吉姆對著大衛說：「教授問你的問題，不可以從書本學到的知識直接引用回答，必須以你自己的意見、看法、想法回答。畢竟，社會期待的博士人，不是像處處要模仿人的鸚鵡，而是訓練成有原創能力者。有獨立思維者。」大衛點頭表示知道了。

自從進入教室後，瑞克開始問了很多困難的問題，大衛都一一充分自信地回答。

老謀深算的瑞克教授說：「都問不倒你。」

瑞克想了一下，現出詭譎怪異的狡猾臉色問：「在地球上兩條平行線上各有一架航空機平行並以相同飛速向北方飛行，到最後兩架撞在一起，為何？」

大衛：「瑞克教授是統計力學理論專家，依據統計學總有少數不依規則的平行飛行，結果會發生 5% 誤差之內的例外相撞。」

瑞克教授：「沒有這回事。回答不出就當掉你。」

大衛是專攻讀「量子化學」，德拉教授的得意門生，德拉聽到瑞克教授說，要當掉大衛，馬上伸出援手助他一臂之力，用唇形暗示大衛：「愛因斯坦。」

大衛看見了，但有點不確定是否是愛因斯坦。於是對著瑞克教授說：「教授，您要考我那麼難的問題嗎？」

德拉再次緩頰暗示：「大衛不難，再想想看。」

「規定一分鐘內馬上回答，趕快回答。」系主任吉姆提醒。

大衛馬上回答：「愛因斯坦他曾提出很有名的『狹義相對論』導致原子彈、氫彈、核能發電廠等的發明。」

瑞克教授馬上叫：「停！」

「答案不對，我受不了，要把你給當掉。」

德拉緊急喊：「讓他再想一分鐘。」

德拉站起來面朝向大衛：「你已做了三年的博士生，不要放棄，加油，可以回答出來的，想想愛因斯坦除了剛才你說那些，他還說什麼？」

大衛蹙眉頭，緘默十秒鐘。忽然臉上浮現笑容說：「愛因斯坦還有另一個廣義的叫『通用相對論』，主要談星球引力，當然包括地球萬有引力。」

德拉：「你的思路對了！請繼續說下去。」

大衛：「愛因斯坦認為星球周圍三度空間及一度時間共4度空及時變數，因星球的存在而被嚴重扭曲產生了萬有引力或叫重心引力。」

大衛打開了投影機放映一張網子，網上兩架飛機平行飛行，很順利沒有相撞。

大衛又放映出下一頁，請注意看，一個地球儀模型從右上角移動出，掉進網上，馬上把原來平行又平坦的網，中間往下被壓彎成可容納地球模型的凹坑。

兩架重新平行而同速飛行，離地等距，靠近地球儀時，順網路向地球方向飛去。本來好好在網上平行的飛行，因地球存在，把網路往下拉下去（重力作用），兩架飛機也要跟著網路往下飛，結果就在地球北極相撞！

瑞克教授：「你放映的是說明愛因斯坦對重力的解釋，是嗎？」

大衛：「是的，教授。」

瑞克教授：「你自己懂嗎？」

大衛搖搖頭：「老實說，不懂。坦白說，我也不知道他在說什麼？」

瑞克:「再給你最後機會，以你個人的思維解釋萬有引力。」

大衛：「其實應該是沒錯，他解釋給內行人聽，外行人聽起也許不知所云。另外，有重量級的物理學家主張有重力粒子存在，這和光粒子類似的基本粒子，這是簡單而且容易瞭解的，但還沒找到證據。」

瑞克：「好了，別東拉西扯，針對我的問題回答。」

大衛再從投影機放映出一張影像：「一個很大的地球儀，他在上面劃了兩條平行線，兩架飛行器在平行線上向北飛行，到北極相撞。這是萬有引力害的，這個就是我的意見。」

瑞克教授臉上露出笑容：「我滿意了，不管對不對。你有能力表達你自己的專業意見，這是博士學位訓練的最佳成果。我讓你通過。」

大衛喜出望外的表情，讓整個教室由冰冷的凝固氣氛瞬間轉為春天熱情奔放的笑聲。

接著提問的是德拉教授，德拉先問一些關於博士論文的疑問點之後，看看時鐘發現時間只剩 15 分鐘，於是說：「最後問你一個問題，要你以自己的思維作答。愛因斯坦……」

大衛馬上叫起來：「又是愛因斯坦難題，你們是不是聯合起來整我？」說罷，教授們又哄堂大笑起來。

德拉：「大衛，注意聽，愛因斯坦早年是『量子力學』的創始人之一，到晚年卻懷疑薛丁格㉔氫原子波動函數不完整，為什麼？」

大衛：「愛因斯坦早年英明，到晚年變老番顛。」此言一出教授都捧腹大笑起來。

瑞克教授：「你怎麼能惡言罵一個偉大的科學家！」

大衛：「教授先息怒，聽我道來。愛因斯坦對人類貢獻良多，除了剛才我說之外，較不被人知道的是『家電』方面的應用，他發明了全世界第一架冰箱。他從赫玆實驗的『光電效應』㉕，思考做出的理論基礎啟發了電視的發明。他的宇

㉔ 薛丁格（Schrödinger）：量子力學著名科學家。以數學函數代表氫電子雲，曾獲諾貝爾物理獎。

㉕ 光電效應：光束照射在金屬表面，將電子敲擊出來，是光電效應。此發現導致發明了電視機。

宙論預測黑洞的存在，後來天文學家也證實了。他是很可尊敬的科學家。」

德拉插嘴：「我不是要求你歌頌他有多偉大，他到底覺得氫電子函數有何缺失？」

嗚呼哀哉！ 教授們耳語：「這下大衛完蛋了。」

大衛：「他覺得波動函數的 3 度空間和 1 度時間，應該加上地心引力成 5 度，因引力是他專長，不好意思直接提出。其實氫原子太輕了，引力不夠影響它，即使加上去，波動函數不會有明顯的改變。更何況地心引力在量子力學中還未建立理論基楚，無法以數學運算。」

大衛停了一下，臉朝所有教授們看一回，繼續說：「所以薛丁格有意或無意的省略了引力，這個道理很簡單，竟然給了偉大的科學家在晚年造成困擾，這是我為何說他老番顛。」

教授們又捧腹大笑。

德拉：「我這關，你通過了」系主任又站起來說：「按舊規則，論文指導教授是最後發問的教授。所以對大衛的博士學位面試到此為止，請大衛離開試場。下一位是麗莎博士生應試，請進入試場。」

麗莎進入教室後關門。大衛回到他的實驗室，內心終於卸下緊張壓力的重擔，等候明天六位博士生都口試完後，再宣佈結果。

麗莎很鎮定的回答所有六位教授的問題。最後也是由論文指導教授德拉來問她的論文疑點，說：「最後再問妳一個問題；氫元素可以產生各種應用的能量，這是大家知曉的，再講別種重要用途。」

麗莎：「生命的來源『脫氧核糖核酸』及『核糖核酸』，以我的意見是先有 DNA 才有 RNA。這是和先有母雞還是先有雞蛋一樣爭論。RNA 中有很多氫元素，我說，是有很多氫元素，和氧元素或氮元素形成氫鍵㉖。」她指著圖說：「這條 RNA 與別一條 RNA 會形成無數的氫健互相反應形成螺旋雙股的 RNA，說準確一點，像髮夾結構，一邊相連另一邊開口，再經化學結構修飾一下變成螺旋結構的雙股互相扭曲旋轉的初期 DNA。這個 DNA 的雛形是依靠自己合成或胃裡消化的食物成長，等到有一天 DNA 成熟了，翅膀長硬了，雙股分離後，其中脫離的那一股經化學修飾很小部份就升級去當製造蛋白質的原料，而剩下的 DNA 的另一股就再複製同樣另一股以完成複製的程序。」

德拉：「還有呢？」

麗莎：「人的身體有 70% 是水，很有次序的分佈全身包

㉖ 最脆弱的化學鍵，容易形成也容易被破壞分離開

括腦部，每一個水分子含二個氫元素，氫元素在核磁共振（NMR）可以辨認出來。如果某器官含的水分子量不正常，可以判斷癌症或中風的前兆。所以氫元素對生命的貢獻是絕對巨大的，比水更重要，但有了水就可以分解它成為氫氣和氧氣，所以兩者共存。如果沒有氫元素就沒有水；沒有水，核磁共振儀無法查出人體健康狀態。您說，氫元素對人類重要，還是不重要？」。

德拉：「妳通過了我這一關。」上午的面試結束。

下午及隔天繼續依序進行，終於全部進行完畢「口試」。隔天下午 6 時由系主任宣佈只有約翰沒有通過口試，其他五位通過。正式成為「博士候選人」。

下午 6 時多，約翰在辦公室開始打包，得知沒通過的消息之後他很傷心地對其他同學，說：「在這裡浪費了三年的青春，我將永生難忘。」

大衛、麗莎、威廉、蘇菲亞都盡可能地幫助他打包，大家都不知該如何說安慰的話，說了也覺得有點虛偽的，只是心裡都很惋惜與難過。

大衛口中喃喃地唸說：「為何攻讀博士學位這麼慘酷？念大學或中學。念不好頂多留級一年，博士生如沒通過口試卻須要約莫三年人生最寶貴的時光全部泡湯，因為寫了或實驗了三年的論文也同樣泡湯，一切都成泡影嗎？」

約翰的行頭終於都打包好了，大家一起搬到他的車子，擁抱約翰後，揮手送他開車離去。攻讀博士學位成功者，不僅要養成專業部門能夠專精且要能獨立思考，將來出了社會職場從事各項工作，也要具備有與老闆相處的手腕。

想一想，老是和論文指導教授不能和睦相處，怎麼能拿到學位呢？約翰敗在他的好辯個性，處世待人不圓融而致落敗。

百麗島公園

德拉教授曾向博士生警告說：「那顆小太陽可能是不祥天體，說不定會帶來災禍。」

這些博士候選人，和他們四位好朋友神采奕奕，很有研究新事物的精神，對小太陽很好奇，不聽警告，忍不住相約在本月最後週末，正當大太陽西落，小太陽升起時分氤氳迷濛天色中，一起赴底特律的百麗島公園（Belle Isle Park）觀賞小太陽。雖然是傍晚，卻彷彿如清晨，天空依舊是明亮淺藍色的。從公園眺望南方，在一覽無遮攔的天際，小太陽的廬山真面目將赤裸裸的呈現在四位同學面前。

他們各自準備好望眼鏡，大衛將開車載麗莎，威廉載蘇菲亞。百麗島公園是底特律最吸引遊客的去處，以前四位同學經常在周末到此一遊，對這一帶地形瞭若指掌。

百麗島是坐落於底特律河的島嶼，島嶼本身與底特律河兩岸不接觸，需靠橋梁與底特律市中心連接。偶爾會被島嶼邊緣釣魚台架上小孩釣到小青魚時的興奮呼叫聲而感染帶動一片生機活力。

島上有一片較大的林木蔥鬱、安祥而且優雅的植物園，四處點綴著較小灌木叢的嫩綠枝葉，隨風婆娑起舞，昆蟲禽鳥穿梭飛掠栩栩如生，讓很多遊客流連忘返的公園，是底特律市民休閒場所。

島邊緣的海灘，說準確點，應叫島嶼湖水灘，因清澈的水是從附近聖克萊湖經底特律河流進來的，是淡水而不是鹽水。

大衛和麗莎經常在這裡約會，約莫一個月前，傍晚時分，大衛驅車載麗莎到百麗島公園觀賞小太陽。植物園裏各色各類植栽生氣勃勃，花花綠綠，多采多姿，很有浪漫情懷的散步看花的地方。

植物園的周邊有散步大道，曾有一次，大衛摟著麗莎的細腰踏進花園裡，供人賞花的小徑，旁邊五彩繽紛的花朵似乎夾道歡呼這對一往情深的異國情侶。麗莎高跟鞋踩到一顆小石子，身子失衡，瞬間傾斜倒在大衛懷裡，麗莎抬頭望大衛，唇角泛起一絲微笑，兩人深深長吻。這是很自然的情意交流，但兩人心靈深處的互通，似乎還隔著一層隱微的矜持！

大衛：「怎麼穿高跟鞋來公園遊？」

麗莎：「誰知道，你硬要摟著我進入花園崎嶇不平的小徑。」

自從上次來這公園時，這都是過去的事了。麗莎已向大衛表露出對威廉的愛慕之情。愛情逆轉，大衛自忖兩條路可走，第一條路，放棄追求麗莎，採用德拉教授的建議，揮手道別單戀生涯，改換戀愛跑道，另尋新歡情人。

第二條路，不用說了，因為全世界的紅男綠女都知道。痴情始終如一，執迷不誤，希望皇天不會辜負苦心人，最後獲得美人心。有人會懷疑，這方法有效嗎？那就讓他懷疑吧！

尤其在 2095 年代，大衛對麗莎情有所鍾，愛戀不舍，至死不渝，肯定他會堅毅不絕的走第二條路。之前那次約會中麗莎暗示心裡喜愛的男人是威廉，對大衛是前所未有的極大打擊，以前不都是甜甜蜜蜜，摟摟抱抱的嗎？真是「女人心海底撈針！」在島嶼邊的河水裡剛好有一群大雁鳥在戲水，它們都會和伴侶終身廝守在一起。有人叫它們「天鵝」。麗莎在車上指著那些鳥說：「癩蛤蟆想吃天鵝肉，它的肉是稀世美味嗎？」她用輕視的眼光瞧著大衛。

好一個真會侮辱男人的女人！大衛的神情很鎮定沒生氣，只是臉紅看得出來，此時的他應是滿腔怒火，悲不自勝。

經過這麼多次情感挫折，那天隱忍憤怒的大衛並沒有和麗莎計較，以一笑置之，沒有一個人是完美的，麗莎有很多缺點但也有無數的優點，這就是大衛待她和對待別的美女不一樣，仍不死心地再邀請她下一個週末在百麗島相見。

這一次和以前一樣，大衛再一次駕車至麗莎的住宿處，載她一起去百麗島觀賞大雁鳥。中秋時分後的底特律已有些寒意，雖非天寒地凍，看到車外秋風落葉在空地上跳著旋轉舞，如在車外散步冷風襲來恐會受寒。

大衛在路邊停車，對麗莎說：「外邊風很大，我們在車內聊天。」眼神卻注視麗莎的臉許久。

麗莎就說：「沒看過？今天怎麼這樣看法。」

大衛：「今天妳特別漂亮，每次妳罵我之後，良心不安就會化妝得很漂亮好像暗示向我陪罪道歉。對不對？」然後用右手的手指輕觸麗莎的前額，麗莎唇角含笑、眼波帶嗔，順勢倒向坐椅背。

大衛也順風吹倒牆地上身撲了上去，呵！呵！兩人大笑起來。

此刻大衛心情頓時卸下心防，如冰山頓融，全然正領受麗莎所釋出真摯的愛意！

麗莎:「我罵你時，你都不會還嘴，還和顏悅色你人真好。」

大衛：「不是不生氣，是秋後總算帳，但妳卻把自己裝飾得很漂亮，讓人於心不忍生氣。不僅如此而已，妳從來不會在我的朋友面前諷刺我讓我難堪。妳和我故鄉的朋友相處得很好，我對妳是感激不盡的。」

麗莎：「我們有時會爭吵，但大部份時間相處很好呀！爭吵就是為了搶奪主控權，希望你這次聽我的，你不聽，我就會生氣。生氣到極點就失去理智，而說出侮辱你的語言。 我感激你這時候把主控權交給我，停止爭奪。」

以往麗莎一再向威廉示愛都被拒，使她一直也和大衛保持良好的友誼關係。她對威廉失望極了，時常看到她轉而作弄或欺負威廉所愛的老實女子蘇菲亞。不過，如今看出內心她已默默地改變了。

夕陽西落，夜空慢慢變暗時，南方的小太陽就呈現出來，它的光芒將黑夜轉變成淺藍色的天空。這是自從發現小太陽之後，地球的黃昏已變成新景觀了。

大衛：「今晚小太陽變大又更光亮了，我忽然想起德拉教授的警語，有點恐怖。車外的秋風比平常大，我們回去，好嗎？」麗莎不回答，卻笑笑點了頭。

隔天早上，麗莎邀請威廉到校外一間咖啡店。

威廉：「有什麼事嗎？」

麗莎竟又由突發奇想地提議說：「想拜託你陪我去百麗島公園一趟！」

威廉：「大衛這個月已帶妳去兩趟了，不是嗎？」

麗莎：「他怎麼可以告訴你這些？只有你和我一起去，那種感覺是不一樣的。」

威廉：「我們是知心的室友，好朋友什麼事都可以談，更何況是交女朋友，妳要感謝我，是我鼓勵他的，他各項條件也都不錯啊！」

麗莎：「誰要你鼓勵，你真是老雞婆！」

威廉：「好了，我們不是約下周末大夥兒四人一起去嗎？到時候妳和我不就也在一起了。」

麗莎極力想對他討得稱意歡心、對威廉百依百順，但是威廉卻無福消受她熾熱情愛，待她一點都不憐香惜玉的感覺。她全心追求奔放的主動愛情，威廉的魁梧身材，帥氣的面貌和男人氣息吸引了她全部的靈魂，她想全面掌握一切！以旁人眼光來看，她是個一廂情願的多情又執著的女子！在2095 年代很難再找到這樣的女子。

暗能量和暗物質

這一天，時近黃昏天高氣爽，微風輕拂，碧空萬里浮雲淡薄，是觀賞小太陽千載難逢的最佳時機。四位同學大衛、麗莎、威廉和蘇菲亞都穿上運動衣裝和運動鞋。齊赴百麗島公園觀賞小太陽「山頂 1 號」，四人分別將四架望眼鏡都架設在高處的最佳觀賞景點，一邊調整焦距，一邊聊天等候著。

所謂小太陽的異彩亮光在天文學認為是巨星垂死前的「掙扎」，是一場激烈的天體大爆炸的現象，最後一次是 400 年前的事。巨星在銀河星系裡是稀有恆星，舉頭眺望夜晚天空，繁星閃爍，大部份是比太陽小很多的恆星，譬如太陽是足球，大部份的星星只不過是網球或棒球大小而已，比太陽大五倍以上就算巨星了。小太陽「山頂 1 號」的質量是太陽 10 倍，球心重力會比太陽大 10 倍，擠壓力也大 10 倍，迫使氫原子核融合速度加快，只要幾百萬年，球心氫原子因快速融合產生了氦原子，還有很多光子和極高的熱量。同時，光子具有「粒子和電波」雙重性質，當它是粒子時，就有質量；但是，當它是電波時，它就沒有質量，粒子質量全部轉換成電波的能量，這裡又應證了愛因斯坦的相對論，質量與能量可以互換。

換句話說，光子在奔跑時就使用電波前進，光子從球心出發，四處亂闖，被星球外殼氫原子吸收了又放出來，有的已快到達表面又被強大重力吸回球心，經過很厚的星球殼到達星球表面需要約莫十萬年時間。記得小太陽中心原子核融合已完畢了，氫原子核融合放出的熱量，不足夠提供氦原子核的融合，氫原子是宇宙最輕的元素，氦原子是第二輕的元素，較重的氦原子需要更多能量才能啟動氦原子核融合。

因此，星球中心停止提供熱量支撐巨星重力，這是嚴重的，部份開始倒塌下陷好似山崩地裂，增加星球中心熱量啟動了氦原子核與氦原子核之間的融合，釋放更強大的熱量及光亮。氦原子核的融合產生碳、氮、氧、矽、鈣、鐵等等。原子核的融合好似上階梯，一步一腳印，從最輕元素融合成較重的新元素，放在第二階梯，再融合成更重的元素，放在第三階梯，如此一直到達很重的鐵元素，每一個元素代表一個階梯，氫元素代表第一階梯，第二輕的氦代表第二階梯，階梯愈高，所代表的元素愈重。

為什麼融合到產生鐵元素就停上？化學元素週期表裡比鐵還重的元素非常多。比鐵元素輕的原子核融合都會釋放出巨大能量，但是，比鐵原子還重的原子核融合，不但沒釋放能量還需吸收能量。因此要靠融合，釋出能量而創造更重的新元素，需使用別的步驟。鐵原子核裡擠滿了 26 顆質子和 30 顆中子，已夠擁擠，沒有空間再擠進任何原子核。換句話說，不能再利用原子核的融合創造更重的元素。再說，鐵原子核體積小，要它們靠近融合需外加更大的能量。小太陽「山頂 1 號」就是已經到達融合產生鐵的地步，沒有能力融合釋放出更巨大能量，來支撐比太陽重 10 倍的星球殼的巨大重力，於是整個星球先坍塌進入小太陽的含鐵中心，它是不折不扣由鐵元素組成的鐵心，於是一場宇宙最激烈的天體物理現象已經在三年前發生了，爆發過程還不到十分之一秒鐘的時間，把所有小太陽內的能量瞬間釋放出來。爆炸在十分之一秒鐘就完成，創造了金、銀和稀有金屬，它們在十分之一秒鐘內產生的，數量很少，難怪是稀有的元素。

這是三年前發生的天體大爆炸，小太陽已經變成小很多的超新星。爆炸前的亮度在 300 光年遠距離的地球是見不到小太陽的，所以對它的存在一無所知。爆炸後，發出比太陽大 6,000 倍亮度，才被人類在三年前發現。什麼時候爆炸的？天文專家也不知道，僅知道這次和以前超新星誕生時的大爆炸不相同。

小太陽爆炸前，原子核融合，釋放出的能量轉換成極多的光子，在星球中心，光子以含有質量的粒子狀態存在。在十分之一秒鐘大爆炸中也破碎了，轉換成暗能量以超光速向地球前進，星球心的電子也同樣破碎釋放出暗物質，也以超光速移向地球。

最快的光速是在真空狀態之下才能夠達到每秒鐘三十萬公里，是因為它全程都以波動，無質量狀態在真空中奔馳，沒有質量的物體就沒有引力拖拉，自然是最快的速度。實際上，在太空常會撞上障礙體，如太空塵埃或電子等，必須瞬間由波動狀態轉為粒子狀態撞開障礙體，然後再回覆波動狀態繼續前進。這樣在飛奔的過程，一下子沒質量，一下子又有質量，自然會影響速度。而暗物質和暗能量是沒有質量的，光子則有時沒有質量、有時又有質量，所以奔馳起來不如暗能量和暗物質快。

小太陽，我們看它小，因距離遙遠，叫它「小太陽」，其實比太陽大 10 倍，在銀河系是相當巨大的恆星，當然爆炸力道無窮，能將暗能量和暗物質推向超光速前進地球。小太陽爆炸後將丟棄大部分的星球外殼，大量降低星球的重力，以新面目「超新星」呈現給銀河星系，繼續存在於宇宙。

在公園的眺望平台上，遠邊天際雲彩開始慢慢捲動，光影紛紛飄移，天空中似乎有股默默潛藏的一種暗流滾動著。大衛、麗莎、威廉和蘇菲亞四位同學忙著從望眼鏡觀察小太陽。四周逐漸由遠而近傳來細碎吹沙般的吵雜聲，四散在各處遊客也似乎感受到不尋常的空中異像漸漸騷動起來。

大衛說：「今晚從鏡頭中所看到的小太陽特別亮，記得德拉教授曾經警告過，它可能是一種凶兆天體，剛才看它的亮度，好像已經在地球旁邊了，手一伸就快要碰到了。」

蘇菲亞也連忙應說：「昨天我讀很多網路新聞，頭條新聞都在報導小太陽發出不知名的能量，以超過光速抵達地球的門口。天文專家的專訪新聞談話中說，也許三百多年前，小太陽就已經爆炸了。」

蘇菲亞又說：「剛才我將望眼鏡朝聖克萊爾湖望去，感覺湖面的水平上升，而且波浪逐漸翻騰，真奇怪，沒有風雨的夜晚，碧空萬里無雲，為什麼？公園裡的樹葉怎會搖擺那麼厲害，甚至有些斷株，落葉滿地翻滾，如臨強烈颱風掃蕩一般！」

大衛：「不好了！恐怕是小太陽爆炸後發出的暗能量前鋒部隊已要襲擊地球了！古人說：無風不起浪。今夜我們目睹無風湖水漲。我有預感暗能量在湖水區可推波助瀾，將湖水變成『湖嘯』就如海裡的海嘯，趕快逃命啊！」

暗能量不放出電磁波，因此，人類所發明的任何儀器都無法偵測出它的存在，唯一知道它擁有強大排斥氫元素的能力。

話剛說完不久，眼見公園裡的大樹一棵一棵被壓倒，橫跨路邊，遠方建築物一棟一棟倒塌轟隆聲四起。轉眼已經來不及了。湖水形成二三公尺高的陣陣浪濤，捲走了湖邊漁船，很快覆蓋整個百麗島，一大群遊客躲避不及，橋上車輛也紛紛掉入湖中，或已被淹沒、有些人在水中，載沉載浮、命在旦夕。麗莎和蘇菲亞瞬間不留神，也被捲入底特律河在波濤中奮力掙扎，險象環生。

兩位大男生見狀，不顧自身安危，在千鈞一髮中急速躍入河中想奮力救起她倆，大衛很快游向麗莎緊抓臂膀，眼見她昏迷了而且停止呼吸，大衛背她游上岸往高處奔跑，緊急作心肺復甦術的人工呼吸，終於救她回神。

不久後，威廉也救起驚魂未定的蘇菲亞，但他們卻眼見幾十位遊客男男女女被捲入河底，命喪黃泉。這整片淒厲慘烈的情景，真是叫劫後餘生的人驚赫得呆滯無言，無法形容內心的悲痛。

這次暗能量風馳電掣，強烈的排斥水分子的兩個氫元素，地球的食用植物也幾乎被摧殘殆盡，因它們含有豐富的碳氫化合物。暗能量過境只排斥海水或湖水就造成如此重大災難，幾小時後，變換暗物質來襲。暗物質吸引水，將湖水或海水吸引上天空再灑落下來，好像颱風過境後的傾盆大雨，造成大水災，人類終於見識到了暗能量和暗物質氣勢磅礴過境地球造成的天災地變。

隔天各大網路新聞，把這次發生在北半球的大災難描繪得令人驚心動魄、慘不忍睹，各國海岸因海嘯浸入，造成屋倒牆陷、柱斷橋毀，屍橫遍地似世界末日、人間煉獄。世界正捲入生死存亡關頭，暗能量的襲擊，其排斥的力量有如狂風怒吼，翻江倒海。緊接著，暗物質一鼓作氣，再侵襲悲慘地球，其吸引水的力道有如千萬個龍捲風在海上騰雲駕霧，將海水吸上天再傾盆落水如驟雨。都市裡的街道淹水如大江河流，成千上萬的大小汽車浮游漂流於水上，慘不忍卒睹。

正值每人為自己的生存自顧不暇之即，東斯拉夫國的間諜早已蠢蠢欲動，在此時機又「不期而遇」，又出現在德拉教授住宅門前，德拉從視網看到二位陌生人，並說他們是東斯拉夫人，德拉不由自主的全身不寒而慄。德拉從視網聽到：「德拉教授，請不要害怕我們，我們來意友善，想和您商談對您將來有利的前途事業，請開門讓我們進入商量。」

他們早已規劃好整個半威脅半利誘、半挾持半偷渡的行動來進行！德拉從視網看到他們和顏悅色，彬彬有禮，已不像前幾次的橫霸模樣，於是安心開門讓他們進入客廳。來商討未來配合的計畫，德拉心知肚明，他在美國這邊研究的成果，已順利完成應無後顧之憂。

東斯拉夫人提供了俸祿優厚的條件，要聘請德拉到東斯拉夫國太空機密研究中心任職，研究並領導如何去外太空獵取氫氣和開發製造暗能量及暗物質的新技術，年薪一百萬美元，且保證不干擾他的家人生活安危。此條件讓德拉興奮不已，當場接受。

其中一位東斯拉夫人說：「這事不能讓您的學生及家人知道，您現在立刻跟我們離開美國，此後像從人間蒸發。」

第七章

氫與癌

核磁共振

正當東斯拉夫國和美國爭先較勁「暗能量和暗物質」時，遠方大衛的家鄉「台灣」卻創造了一個舉世無雙的先進科技：核磁共振儀器。

核磁共振與「超導體」有關，超導體是在約 200 年前，由荷蘭科學家所發現，超導體在 -270 度 C 下就完全失去電阻，增強電流和磁場，並獲得「抗磁性」。因要在超低溫才發生，價格昂貴，無經濟價值。後來德國人發現了 -70 度 C 的超導體，從此科學家進入常溫控制的超導體研究的時代，再經歷了 50 年後，台灣科學家發現了可在常溫下，控制的超導體材料。從此，應用超導體產生強大磁場的「核磁共振儀器」的價格才逐漸降價，越來越普及，進而進入家庭。

這一天麗莎家要辦一件大事；陪她的父母親去看「核磁共振醫療器材」。她駛車載父母親從安那伯市的家到底特律去拜訪一家製造「核磁共振儀器」的公司。茲事體大，無論什麼健康飲食，運動的養生之道，都比不上在自家裡擁有一部「核磁共振儀器」更實事求是，它在家庭裡是最舉足輕重，不可或缺的器具。

這是公元 2095 年，流行於中、上流家庭的醫療保健儀器。

該儀器可以檢測出人體是否有癌細胞存在，早期偵測出癌細胞，早期治療，治癒成功率高，對身體健康是一種很高的保障。為了每位家人能健康長壽，未雨綢繆有能力的家庭一定會買一部放置在家裡一個小房間，每週在家人幫助下測量一次，如果發現身上有癌細胞，不用擔心，因為是每週檢查一次，癌細胞一定是剛生出來就被發現，頂多才長了一星期，治癒機會是很高的。

麗莎的車已進入底特律市區，這個工業大城曾繁華過一段日子，後來製造汽車的技術被日本和歐洲一些大廠超越過，號稱汽車城的底特律市從此衰微了，經濟由強盛迅速走入衰退沒落，市政府也曾宣布破產了。後來努力奮發圖強，勤力研發製造「核磁共振儀器」提供家庭的應用，成功地開發出這個龐大的世界市場，重新啟動商機使這個城市又昂首挺立向經濟大城邁進。

已經到達了製造核磁共振家庭應用儀器公司，三人進入後有人接待她們進入「貴賓招待室」。這裡有點像買房子參觀的樣品屋，很多美觀可愛小房間，美輪美奐，每房間裡都擺設不同類型的儀器，任客戶選擇，不同儀器就有不同的價格。如果拜訪的貴賓年歲較長者，也具備一間較大的招待室，長者在裡邊可以坐著看他們準備的電影，放映介紹各類型的儀器。

電影是連續式的一個模型介紹完，再看下一個模型，跟買房子十分相似。來訪的客戶，大部分駕駛高級賓士車或BMW，義大利高級車等等。他們穿著打扮居於上等社會人物，男士西裝革履，女士品味時尚。買一個高級「核磁共振家庭用儀器」有如買一棟豪宅，口袋不夠深變難以購入。

麗莎家人選擇走路，把每小房間裡的模型或儀器型錄都反覆看了數遍，決定購買中價實用又容易操作的那一型。公司又派人帶領麗莎一家人進入另外一個房間，坐下來後一位主管出來和他們握手，然後簽了一些合同書。主管站起來說：

「首先感謝你們向本公司購買『核磁共振儀』，它能使你們家人免於癌症的恐懼。這種儀器簡單化，使價格大幅降低，不再是只有大醫院才買得起。」其實，有能力的家庭都爭先購買以保障家人的健康及生命。

主管：「不久就會有專業人員和你們連絡，到貴府安裝並教導你們使用方法。」主管停了一下，繼續說：「核磁共振可以偵測到癌細胞是一門有些深度的學理，使用者的家庭必需至少有一個人來公司受訓，學習基本知識，以後才容易瞭解如何控制這台儀器。你們哪位來本公司上課？」

麗莎：「我在大學曾修過『分子生物學』和『細菌生物學』由我來上課受訓。」

主管：「好的，我們安排日子和上課的時間，以後再連絡。」

麗莎一家人看起來很滿足，也就愉快的回家了。

麗莎要上四小時學習「核磁共振原理」基礎教育，其實她是學理科的，加上又具有深奧的分子生物學背景，這課程是難不倒她的了。不過，她對「核磁共振」的道理卻是一知半解，尤其對醫療的應用更是茫然不知。進入會議室就看到穿著淺藍色制服的講師對十個參加受訓的顧客，正要講解連續光譜的圖片。

講師 A：「這是太陽最內部的元素受太陽龐大體積的重力壓榨下，氫原子核融合在一起成氦原子核。氦原子核的能量比起氫原子核的能量低很多，所以氫原子核融合成氦原子核後，多出能量不計其數，可以鋪天蓋地，會釋放出來巨大的熱能及各種不同頻率的光子，掙扎上沖下洗，最快也需幾百年後光子才能由太陽核心跑出太陽外表，運氣不好一萬年還跑不出來，跑出來的，以光速輻射到地球表面。光子雖然以同樣光速到達地球，卻用不同頻率同時射出，頻率越高，它的能量就越大。」

顧客甲：「等一下，頻率是什麼？」

講師 A：「頻率是光子進行中，每秒震盪的次數。換句話說，震盪愈多，能量愈大。為了讓大家一目了然，請參看圖 7-1。把最高頻率排列在最左邊，向右是愈低的頻率，而最右邊是頻率最低的部分。換句話說左邊能量最高，向右能量愈來愈低。」

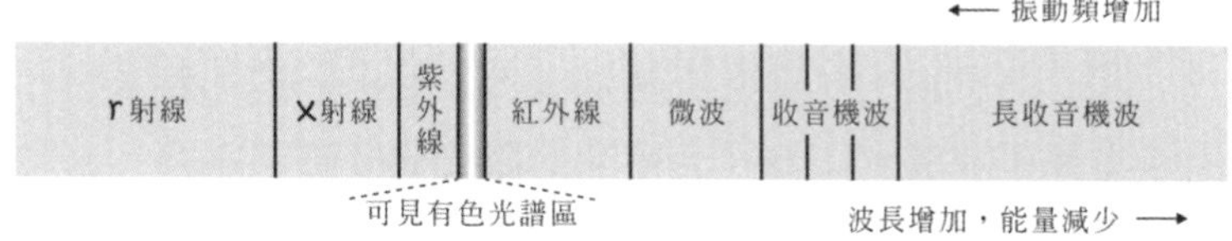

圖 7-1. 光譜輻射線

講師 A：「最左邊的叫伽瑪輻射線，它是最危險的，例如原子彈或氫彈爆炸後殺人最多部分是伽瑪輻射線，想要知道陽光還有什麼其他的碗糕輻射線，請繼續讀下去。」

顧客乙：「太陽發出的伽瑪射線是那麼危險，我們不是被殺死了？」

講師 A：「不用擔心，才不會。因為它被地球磁場擋在大氣層外面不得其門而入地球表面，所以我們是很安全的。」

講師 A：「一部儀器如果用伽瑪射線來操作，沒人敢用，您說是不是？再往右看下一個區域的頻率較低於伽瑪輻射線區，是 X 光輻射線區。頻率是較低了，危險程度也較低了，可是 X 光輻射線，雖然不會立刻置人於死地，但時常照也會致癌的。你們說是不是？如果使用 X 光也很不放心，再往右看下一區，是 UV 即紫外線區，雖然不會像前面講過的那樣危機四伏，也是會險象環生，一樣很不安全。現在麻煩你們在光譜上再往右邊較低能量區看，這就是我們最熟悉的有色光區域，這是很安全不過了，就像日日陪伴我們在一起的陽光。」

講師 A：「再看更右邊就是紅外線區，其能量比『可見光』低，再往更右邊看，這個光譜區叫微波區，它的能量更小，比陽光更不會傷到人體。您會害怕陽光嗎？當然不會，有時還會想被太陽曬一曬增加體內維他命 D。」

講師 A 再度補充：「好了，言歸正傳，光譜圖的最右邊地區是無線電磁波，甚至還有長無線電磁波，是能量最低的電磁波頻率。如果醫療儀器所發出的電磁波是在這區域的。是不是最安全的醫療儀器…，當然是啊！」

「核磁共振儀器」所發出來和吸進去的電磁波是最低能量，如收音機 FM 和 AM 的音波或更低能量的長無線電波。

講師 A 問：「大家對使用『核磁共振家庭醫療器』的安全性還有疑問嗎？」

坐在底下的顧客沒有反應。

講師 A：「其實不同頻率的電磁波都有應用的儀器，譬如紫外線也有儀器做偵測化學結構，那儀器就叫紫外線儀。這些很多種不同應用的儀器和我們要介紹給你們的核磁共振儀器無直接關係，以後就不再說明了。」

現在開始進入解釋「核磁共振的原理」，另外換了一個新的講師 B 上台講解。

講師 B：「人體重量的 70% 是水，這是普遍知識，分佈在各個器官組織，不相同的器官擁有不同量的水，誰能答覆我，人體最多水的器官是哪？」

顧客丙：「膀胱。」

講師 B：「膀胱內雖然含有大量的尿水，但器官壁內的水並不是最多。」

顧客丁：「是不是血液？」

講師 B：「也不是，血液不算器官，何況它也不是最多的。其實是眼球，含水量 95%以上，所以俗語常說『水汪汪的大眼睛』。而重要器官中含水量最多的是『腦』，含水量高達 81%，跟心臟的 79%差不多。如果有朝一日，醫生發現他的病患腦部含水量超過 85%，醫生會刻不容緩緊張起來。他的病患不是得了癌症，就是快要腦中風了。」，

顧客戊：「請問最少水的器官呢？」

講師 B：「那和今天的主題無關。『核磁共振儀』是絕對安全的。我們開始要討論它的原理。地球自轉就好似一個巨大的磁鐵，產生的磁場對指南針那麼小的磁鐵有很強大的磁力吸引作用，所以指南針很迅速地被吸向北南方向排列。人的身體有豐富的水，而水分子就有 2 個氫原子，氫原子一定含有氫原子核，原子核會自己旋轉（簡稱自旋），就會產生極小磁場。

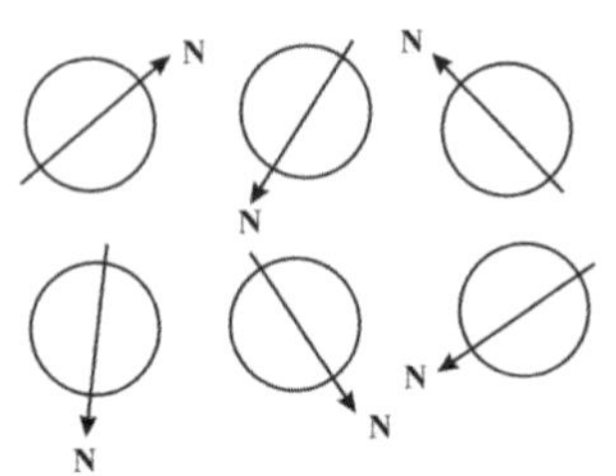

圖 7-2
人體內氫原子核磁場呈不規則的方向它們不受地球磁場影響

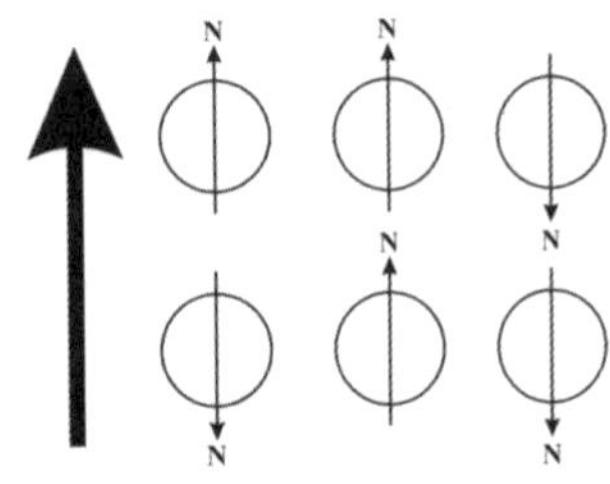

圖 7-3
氫原子在『外加強磁場』後就會同方向或反方向排列整齊

它小到連地球的磁場都影響不了，這個道理很像，地球引力吸不住氫分子，讓它大模大樣地揚長而去太空。再重覆一遍，氫原子核都有自己的極小磁場，但不受地球大磁場的影響。」

講師 B 手指著圖 7-2 說：「這些無方向次序的氫原子核，在外加強力的人造磁場如圖 7-3 黑箭所示，就排列得很整齊，不是與外加磁場，南北同方向就是北南反方向。」

顧客己：「我請問您一個問題，氫原子核自旋是否像地球的自轉一樣，轉速不變？」

講師 B：「不對，原子核自旋產生小磁場（科學名稱：磁矩），類似電子，有量子能量位階；當外加磁場，強度達到某一程度時，氫原子核的自旋，才會從低階跳躍到高階能量水平，這時自旋速度才增加。為了跳躍到較高階位能，它必須從外加的磁場吸收一個量子能，才能跳上一層。這個道理和人們爬樓梯很像，若舉高腳跟還不到階梯的上一級平面頂，就不能登上高一層階梯。」

講師 B：「外加的電磁波被氫原子核吸收，『自旋』躍上一層能量階梯，不會停留，瞬間跌落階梯，比閃電快十萬倍速度把整個量子能還給外加的無限電磁波能源，原子核又跌落回原來的自旋低階。

「無線電能源是人在控制的儀器。它馬上將能量自動再傳回氫原子核。他們在玩你丟我撿，我丟你又撿，這樣來回幾萬次都被一個電腦記錄下來，繪畫成圖像，這個儀器就叫『核磁共振圖像儀』。」

顧客甲:「『核磁共振儀』與『磁共振儀』有什麼差別？」

講師 B:「其實都一樣，醫院怕病人聽『核磁』共振的頭一個字『核』而聯想到核子炸彈及核反應爐的『核』就會心生畏懼，所以省略『核』字，只稱』磁共振成像 (MRI)』。」其實核磁共振的核是指甚麼？」

麗莎:「氫原子核的『核』。」

講師 B:「就是氫原子核的自旋與外加磁場，互相反應來回共振的現象。五十年前的磁共振攝影是一台巨大的圓筒狀儀器。巨大的圓筒內裝置巨型的強烈磁場，發出無線電波撞擊被檢查者身體細胞中的氫原子核使之排列整齊。然後由外邊發射特別定量的無線電磁波，進入被檢查者體內，氫原子核就跳躍上一階梯自旋位能，再放出來，被電腦紀錄。最後一張造像片就完成了，它記錄了被檢查者身體內含氫原子核的分佈情形。

各位請注意，知道全身氫原子核的分佈有什麼用處？」

麗莎:「一個水分子有兩個氫原子，原子內就會有原子核，所以氫原子核多的地方就是水分子多的地方。」

講師 B:「如果一個器官內擁有的水量發生異常現象，不論太多或太少，表示那個器官可能長了腫瘤，甚至癌細胞。

而核磁共振儀自公元1970年代發明以來一百多年來，由一群志同道合的頂尖科學家接力賽跑似地密集研究。先由化學家發起、物理學家跟隨研究，緊接著醫生也參加研究，創造出醫學用途的磁共振造影㉗造福人類無窮。五十年前的磁共振攝影機器體積龐大，價格昂貴，只有大醫院才買得起。現在變小了，製造成本大幅降價，中上等的家庭都買得起了。」

這核磁共振原理的課程終於結束，每人心中都有了清晰的體內氫原子核與外在磁場互動的共振原理。最後講師並將一段實地儀器操作過程及注意事項，記錄在最近幾年缺乏資源才被迫發明成功的電子紙（e-paper）檔案，贈送給各位顧客，以供每個操作者都能正確地操作運用。

㉗ 超導體(Super-conductor)：超導體和半導體有何不同？當電線的電阻降低，電流就增強，因此電線圈發出的電磁場跟著加強。利用此原理，「低溫超導體」電線在低溫攝氏-77度以下時，電阻完全消失，電流在電線就流通無阻，而產生極大電磁場。經過科學家幾十年的努力，終於發現了「常溫超導體」應用在「核磁共振儀」。將巨大醫院用核磁共振儀縮小為小型家用的核磁共振儀。這是本書作者苦心對後輩科學家提示可能獲得諾貝爾物理或化學甚至生理醫學獎的研究方向。

重生

在口試通過了，小太陽的殞爆事件後，麗莎家添購了新醫療儀器，又經過了一個月來大衛終於又與麗莎見面。在這一個月時光，大衛向學校請假，抽空回去台灣，將父母親、姑姑在五年前移民來美國的後續手續，正式辦理完成。在台灣，這一個月，大衛也代理父母及姑姑處理了一些不動產。大衛小時候隨父母移民美國了，但心繫台灣，時常回台灣探望親友，他自認身為美國人也是台灣人，台灣是他出生的故鄉。

大衛對麗莎說：「為了約翰沒有通過口試而傷心，卻忘了我們自己是通過口試的，還要繼續作博士論文才能畢業。」

麗莎：「你忘了慶祝我們通過了『口試』這一大關，我可沒忘記要慶祝一番。我爸媽週六邀請你到我家午餐，好嗎？」

大衛忙著回答：「好呀！謝謝妳的爸媽。」

麗莎：「一直以來每月最後一個週六，我都會回家替我媽檢查她健康狀況，週日再由媽媽給爸爸檢查。」

大衛：「妳家有健康檢查設備嗎？」

麗莎：「中上階級的家庭都買得起醫療健康檢查設備，在家自行初步檢查有否癌細胞長在自己身上的嫌疑。如果有，就要趕快去大醫院正式由醫生處理。」

大衛：「以前這些醫療設備很貴，只有大醫院擁有，檢查費用極高，所以病人常在 2 至 3 年間才檢查一次看自己身上有否癌症細胞。如果有的話，已經進入第三期，病入膏肓，注定無救了。」

麗莎：「七十年前的電子企業家都一窩蜂搶著製造電腦及手機的零件或成品，後來惡性競爭搞到倒閉公司一大堆。各國政府是始作俑者，卻由人民全體買單。有些企業家較能感應未來趨勢，早就轉行投資開發醫療器材，成功的把照顧老年長者的醫療設備由醫院的正式推薦而引進家庭。」

大衛說：「我家經濟狀況不如妳家，所以還沒有核磁共振儀器來偵測癌細胞。」

麗莎：「現在便宜了，它的價格差不多是家裡的冷氣機、洗衣機、電冰箱再加上一部汽車的價格。」

大衛：「妳家爸爸是教授，媽媽是銀行經理，都是高薪階級，所以能供應妳自費念博士學位。我爸爸是中等薪金階級的，我只能靠獎學金念博士學位，家裡買不起正在流行的這種家庭醫療備。」

麗莎：「但現在網路新聞說，製造廠很認真的在研究，將在半年內推出一架價格與一部汽車差不多，品質很準確的家用篩檢癌細胞的核磁共振攝影機』。」

大衛：「那樣我家也買得起。」

麗莎:「核磁共振沒有輻射問題，是比別種影像檢測安全多了。」

不久二人已到麗莎住宿處，二人相擁輕輕吻別，大衛回他的宿舍。

這個週六很快就到來，大衛自己開車到麗莎的家，麗莎前一晚已先回家。她覺得近幾次給媽媽做的健康檢查「核磁共振影像」似乎有些不對勁。今晚大衛要回宿舍而麗莎要住下來，明天她計劃要把照出的影像拿去給醫院專業醫師檢查是否有癌細胞。其實她自己也有受訓過，會看影像圖，但精細一點還是讓醫生看比較有信心。

當大衛抵達時，麗莎媽媽已準備好了午餐:是一場豐盛的牛排大餐，吃完午餐聊天休息過後，麗莎要替她媽媽作「磁共振影像」，檢查身體有沒有癌細胞。儀器很像醫院裡的小隧道型，只是小了很多，佔據一個單人房間而已。大衛是第一次接觸到這儀器，充滿好奇心。

過了約半小時，房間傳出巨響;嗶！嗶！嗶！

麗莎父親很緊張的衝進房間，嘴邊叫:「是什麼出了問題？在那個器官？」

麗莎看著所顯示影像說:「在大腸部位。」

爸爸心焦急地說:「我們趕緊送她去大醫院緊急室處理。」

他們大夥兒馬上開了汽車快速往附近大醫院急診室報到，約十五分鐘後一個護士出來請麗莎他們去見醫生。

從急診等待室走到醫生診所約十公尺，麗莎卻走得非常緩慢，惶恐不安的走走停停。心想媽媽會不會得癌症而走，就頓覺六神無主驚慌失色。大衛看她停下來，臉色蒼白，拉住她的手，牽著走進診所內。她的爸爸早已先到，正在聽醫生小聲的談話。

醫生說：「大家不要緊張，好在你們家備有『磁共振儀』可以每月至少健康檢查一次。這腫瘤細胞初長成還不到一個月時間，是初期癌症細胞，還未擴散開。今晚住進醫院病房，明天動手術切除大腸癌細胞部份，一切就平安了。如果妳不知病情而延遲治療，讓它擴散開，病況惡化，恐怕我們就束手無策了。等一下讓你太太馬上住進病房，開始做手術前的各種測試。」

爸爸總算恢復了沉著，吩咐說：「我在這兒陪媽媽，麗莎你現在就立刻去辦理媽媽的住院手續吧！」

大衛感觸的說：「難怪最近的新聞訊息常聽到報告，很多富裕的小國家人民的平均年齡已超過百歲。三個月後……這儀器如果價格大幅降低時，我想跟爸爸合資購買一部家用『核磁共振攝影儀器』，保障不會因癌症而在百歲前就走了。」

三個月後，麗莎曾對大衛說過半年後有廉價的磁振攝影機在市場可以買得到，真神奇又方便，一部售價約等於一部中級的賓士車。大衛與父親決定買一部回家備用，當然出售公司派了二名專家到家裡安裝在一間單人臥房，安裝後還試機並教導如何使用及保養。大衛爸爸問：「今天趁專家在這裡，我想試一試這部儀器的功效，順便檢查我的健康狀況。」

安裝儀器的專家馬上替他安排送入這台類似小型隧道圓筒儀器，不多久啟動後，竟聽到「嗶！嗶！」聲，這是小儀器偵察到身體有了異狀，仔細查看了病源在胸腔內，母親和大衛頓覺慌張。

安裝專家對大衛說：「可能是肺癌的警示，趕快送你父親到醫院再進一步檢查詳細一點。」

當天午後大衛和母親即刻一起護送爸爸到市立大醫院急診。到了醫院，病人由急診室被抬上擔架推車，安排送入醫院的大型核磁共振儀器診療房間時，大衛母親的眼眶充滿了眼淚，望著丈夫擔架消失於診療房間的入口。由於操作診療儀器的專家不是主治醫師，所以主治醫師詹姆斯有時間請大衛和他母親進診所談話，他冷靜地以專業的口氣娓娓敘述著：「一百年以來的各種研究指向抽煙是肺癌的首級罪魁禍首，這是從統計及更精確的科學證據都是一樣的結論。請問病人有抽煙嗎？」

大衛媽媽氣憤說：「煙癮很大，每天抽一包。」

醫師：「磁共振檢查需約 1 小時的時間，我介紹讓你們瞭解肺癌的成因及種種狀況。」

醫生很熱心地指著螢幕上的顯示，繼續解說：「肺癌細胞是與正常細胞很不相同，它從惡性腫瘤（malignancy）演變成的。肺癌一旦形成就很快轉移至肺部其他部位，它擴散的速度很快。肺癌是所有癌症中最危險，也是最難醫治的。大概一發現，生命期只剩 3 個月，它可以擴散到別的器官如肝臟、腦及骨骼。」

大衛媽媽問：「聽說，得肺癌病人都會咳嗽，而我先生好像沒有呢！」

醫師繼續解說：「等到咳嗽很厲害時已病況嚴重了，醫生也鞭長莫及。剛才聽妳這麼說，希望是良性腫瘤而已。肺癌初期的病徵很難查覺，因它的特徵不明顯。」

醫生繼續說：「肺癌是癌症死亡中比率最高的，統計上已證明得到肺癌的病人中有 90% 都是吸菸者。現今世界上經濟比較富裕小國家的國民平均年齡達 100 歲了，但是抽煙人口的平均年齡卻只有 70 歲。肺癌對病人的折磨是癌症中最痛苦，更不用說比別人少活 30 年。科學上已證明香煙中尼克丁（Nicotine）會與人類的 DNA 雙螺旋股結合成氫鍵，這個氫鍵剛形成時是少數，人類細胞中的修補基因還來得及修補它，請看這牆壁上螢幕所顯示的影像。人類 DNA 被外面的分子如尼克丁破壞是很頻繁的，每天每一 DNA 平均有 60,000 次被外來物質攻擊。這些外物的攻擊還不用擔心，因人類的修補基因部隊也不是省油的燈，還可以修補好。」

「但如超過這個極限，基因修補速度比不上破壞速度，DNA 就開始突變（mutation）成如惡魔般的 DNA，長出一些不按牌理出牌的詭譎不定的 DNA，變形而且有害健康的組織。這就是腫瘤細胞的誕生，如不理會它們，會愈聚愈多，開始擴散，危險愈大，就這樣生命的光輝很快消聲匿跡。」

詹姆斯醫師講到此時，在他桌子旁邊的電腦已傳送過來大衛父親的核磁共振影像圖片。醫生臉上露出如彩雲亮麗的笑容說：「恭喜你們全家人；核磁共振儀器進入家庭時代的來臨，終於能挽救成千上萬家庭的幸福。」

大衛媽媽：「急死人了，趕快告訴我有救嗎？」

醫生：「這只是一顆小的良性腫瘤，如果你家沒有核磁共振儀的話，你們家人可能在不知不覺，而病人也在不癢不痛的情況下，錯失治療機會，讓良性腫瘤轉變為惡性腫瘤再跳躍成癌細胞，成為一件遺憾終身的事情。」

醫生停了一下，繼續說：「今天病人就住院，明天可以馬上動手術，割除肺部外邊的良性腫瘤。」

經過了約一個月休養後，大衛父親臉色看起來很健康的，不用別人扶持地走出醫院大門，進入大衛車子，一家人喜氣洋洋安心地開車回家了。

經過一個月後，大衛的姑姑從加州的爾灣市，幾乎橫貫飛越過美國西岸到密支根州的最大城市底特律市來拜訪她的哥哥。雖然是搭飛機直沖雲霄，穿過太陽光芒萬丈而去，對姑姑來說算是翻山越嶺、長途跋涉了一番。大衛已在底特律機場接待三年沒見面的姑姑接她上車回家。

年齡方五十歲的姑姑，卻像已過六十，神情壓抑著怠倦，勉強擠出硬要顯出親切的微笑，似乎有些生硬地相互擁抱問候。

這讓大衛驚喜交集，歡喜的是：已三年不見的姑姑就在眼前；一是吃驚的是姑姑臉色外表蒼老，步履蹣跚。回到家裡父親和姑姑互相擁抱，他們也是三年沒見面了。父親問姑姑：「這些年來做些什麼事業，為什麼不結婚？」

姑姑：「我從底特律搬去加州爾灣市是因為我男朋友在爾灣市開一家會計師事務所，我在大學念的是會計學系，我們是同學，他就邀請我加入他創辦的公司當副理。爾灣市是一個華人人口眾多的城市，市內設立一個很廣大的電子科學園區，大部分華人都在科學園區上班，他們都各自擁有各種專業技術之長，所以都屬於中上階級人士，其中不乏老闆級的。我認識了一位來自台灣的餐廳老闆，她教我如何做『防癌顧腸綠茶』。一種百年老樹腰果殼油精製出來原料。我們合資開了一家專供『防癌顧腸綠茶』的飲料店，想不到一開張；生意業績就是一發不可收拾，每天上午隨時排隊買一杯到辦公室喝的上班族都有 50 人之多，下班時還要買一杯帶回家喝。總而言之，在拓展幾家連鎖店後，總銷售業績更是暴增；賺錢好像在做營造事業，蓋大樓那樣，賺錢的快速有如光速。也因此我只顧賺錢而忽略了感情這樁事，因此種下了後來與我的男朋友的無緣結局，兩人只好分手，互相祝福，不久，他和他的前女友結婚了。」

姑姑帶著惆悵感傷的表情凝視她的哥哥說：「你問我為什麼還沒結婚，就是這樣子，現在已習慣單身生活了。」

姑姑：「對了，我是來看你健康如何？怎麼只顧講我的事。你好嗎？」

大衛父親：「很幸運的；我家剛買核磁共振儀器，第一次測試就發現我疑似罹患了肺癌，馬上進醫院復檢證實，醫生馬上替我動手術割除一顆肺腫瘤，現在已恢復很健康了而且也不敢再抽煙了，這次妳來了，也請大衛媽媽替妳檢查看。」

姑姑：「我從沒做過核磁共振儀的身體檢查。」

她們兩個女人就進入大衛家的健康檢查室進行檢驗步驟。70 年前的家庭都沒有這樣的房間而現在的家庭除了臥室、客廳、廚房及衛浴室外也都會有運動室及核磁共振儀器房間。所有營造業預售屋一定有個房間可以裝備『磁共振儀器』，買屋者是否裝它；由買者自己按經濟能力決定，但法令規定營造業者必須設計有這樣的房間。

約半小時後核磁共振儀發出嗶嗶！響聲，大衛走進儀測表一看，驚叫：「糟糕！姑姑也出毛病了，是在頭腦部位。」

大衛和媽媽趕快開車護送姑姑到醫院急診室，醫療人員讓姑姑躺上擔架推床，然後推入醫院的更精密大型的核磁共振儀器室。護士小姐請病人的家屬到醫師門診房間，要對家屬做一些說明。

醫師：「剛才我對病人問了些症狀特徵，初步判斷她可能有腦血管栓塞，所謂「小中風」。要等待磁共振圖像由電腦重覆的攝影才能瞭解正確的病情狀況。」

等候不久，終於接到影像訊息。醫生：「成像已由電腦傳過來了！情勢不妙，病人的腦血栓堵塞腦血管裡流動的血流，這種現象被磁共振儀找到了目標，接連不斷的重覆核磁共振成像已確定是小中風。」

大衛：「可以治療嗎？」

醫師：「我們先緊急使用溶解血栓堵塞治療法，把溶解血栓液劑注入靜脈，並口服抗凝血劑，她必需住院觀察，確定血栓全部清除後再說。」

大衛媽媽：「有復元的機會嗎？」

醫師：「有的，以後可能隨時會再中風，必須自我健康管理注意飲食與運動。」

大衛：「難怪昨天我在機場，看姑姑走路步履蹣跚，身體不太平衡。」

很快安排大衛姑姑接受「除血栓」的治療，經過復原休養一週，繼續觀察已無大礙，不久出院後，回去爾灣市，由她的台灣合夥人小心協助照顧。但不幸地在六個月後竟又一次大中風而去世。大衛一家都去參加她的葬禮。心中都很惋惜姑姑沒積極持續追蹤、檢測、服藥…甚至說白一些，也買一台「核磁共振儀器」來提早預防中風的復發！

五十年前在台灣盛行一時的手機零件製造廠林立，供應廠商遇上強烈競爭，不是倒閉，就是工業自行升級，增資提升研發轉型製造智慧機器人及核磁共振儀。這二種產品目前是世界上最賺錢的行業，人類由於大量使用這二種產品變得更幸福及更健康。

公元 2000 年以後，人體的基因開始一個一個被解碼之後，從生物醫學納入基因層次，再藉由愈來愈進步的「核磁共振儀器」測驗檢查，發現改了基因可以使蔬果更豐收、更大、更美麗。透過量子化學之助，要發明一種新藥變得更簡單，經過動物實驗，人類臨床實驗找到某種藥品成分集中分佈在肝臟發揮醫療效果，此藥就有可能變成人類肝病患者的救星。

人類科技文明一直往前走，一代比一代聰明，也許再經過五百年，有些超人的智慧已超過「神明」。有沒有聽說過一個有智慧，自覺悟性，超脫自在的「無神論者」會犯罪？他們已經進化到自我管理，不需要神的監督，也會做很多公益的事業。有沒有發現愈是提倡無神論者，愈是社會道德觀念愈強的人，教育水準站在頂端的一群人。

等到有一天，宗教提倡者是一種副業，不再透過宗廟、教堂強迫向教堂裡教友收取獻金，廟裡的廟公或董事長、住持，大師等…會自掏腰包獻出財產來做公益，不再要求教友、眾大德，恩公來獻金。這時，宗教社群、人類心靈所寄託、終極關懷的歸依處，才會得到更多的感恩、讚嘆與尊敬！

五百年後的世界就是如此。

第八章

點亮太陽系

歐羅巴衛星之旅

在大約 100 多年前（由 2095 年倒數算）。美國太空總署 NASA 的太空探險計劃，曾多次發射探測火星的太空船，接近火星拍攝珍貴的火星表面影像，甚至過了廿多年又發射登陸小艇，至火星上搜集採證。

火星表面有些呈現平況無坑，有些又充滿坑洞的丘陵深谷，且季節變化莫測。初步得知，火星上可供地球人類利用的物質資源並不多。

另外，在近五、六十年也曾以遠程飛行太空船，單趟到木星外圍偵測獲取可能的氣層資訊，但畢竟是有去無回的單行探險，缺少很多的實際物證。

這些投入鉅資的太空探險，一直延遲到如今以德拉教授研究團隊突破飛行器的燃料問題，並有效控制並使用暗能量和暗物質的吸引與排斥作用，克服並充分掌握在太空中長期飛行的種種困難。超導體的技術突破，讓太空船直接降落地面，可使太空船重覆使用。往後的太空旅行將夢幻成真，人類有福了。

因此聯合國與美國，且加上民間企業力量支持，終於得以在幾次嘗試後，有充分自信將這次太空探索之旅，以獲取大量存於木星與土星氫資源及進一步瞭解木星與土星的衛星詳細資料，以供未來人類太空移民的準備。

大衛、威廉、麗莎與安德魯經過摸擬與正式的多次飛行，體能心理評估測量訓練，在眾人期待與祝福之下順利塔上宇宙號，一路經過火星往木星衛星歐羅巴前進。

宇宙號太空船從地球出發，交替使用暗能量和暗物質邁向木星的衛星歐羅巴前進。由四位太空人大衛、麗莎、威廉和安德魯駕駛，航行速度，以光速的萬分之一至千分之一航行，預估 70 天底達。

這四位擔任這次宇宙號處女航的太空人，以很緊張的操作航行開始，慢慢地適應環境後，就興高采烈起來，因為一路暢行無阻。

終於到達歐羅巴衛星表面的上空，此衛星表面皆是冰層，冰就是由水冷凍而成，水分子有兩個氫原子，宇宙號太空船只要放出暗能量就會被衛星排斥。太空人的駕駛技巧可以控制到停留在離衛星表面一定的高度，加上一點氫燃料使太空船橫向飛行，使用燃料後，太空船創造了一個低空圍繞著衛星表面飛航。橫向飛行才能找出一個理想的地點垂直降落。記得嗎？飛機可以在地球上空飛行，太空船如果沒有暗能量和暗物質，別想在衛星上空橫向航行。

大衛：「我看到一處我們太空船剛飛過去，以前從沒有看過的，NASA 也從沒照過影像，可能無人駕駛的飛行器不夠接近而漏掉的影像。我再繞回去找，是一個我所看到的最深的坑道口。」

麗莎：「哇！我看到了，就降落在這裡，有冰層也有海水湖，雖然很小，但足夠下去觀看。我看到微弱的陽光又看到木星的表面反射回來的反射光線。」

威廉：「中間好像有冰也有水噴出呢！」

麗莎跳起來：「這裡的地心引力比地球小得很多，可能一躍沖天就會飛起來。」

大衛：「你的意思是在太空船外跳躍，我們在太空船內是不會的。」

這衛星表面雖然很暗，卻看得出來，很遠處比較光亮，有冰山林立，有些高聳入雲約 300 公尺高度，在地球應有 100 層樓高，如果登上冰山絕頂，就沒白來太陽系的木星行星之旅了。

安德魯：「我們不需在冰上挖洞，現成有個小湖讓我們下去尋蹤覓跡，究竟有沒有生物存在。」

大衛：「我們首要任務是採取木星的氫氣樣本，這個小湖可能受到木星引力的影響，冰層下的海洋溫度保持在 -10° C 至 0° C 之間使上層無法結成厚冰層。」

威廉：「大衛心裡只有任務，不過，來到這裡，又有小湖，也許湖底海水中有生物？」

安德魯：「我們也有從私人太空事業公司接到部分資金支持，他們之所以資助我們，也是想將來在歐羅巴衛星建立觀光事業，所以要求我們鑽洞下去冰層底下看有否生物可供將來觀光資源。」

大衛：「其實在太空我就已看過木星了。不過還是等太空船降落後從歐羅巴表面看到大部份，而一小部份被歐羅巴遮住，這樣才漂亮。」

大衛：「我們先不要下去，從太空船艙內的螢幕看到木星雖美麗卻無味道。」

威廉：「木星懸掛在空中那麼大，有點壓迫感，會不會掉下來？」

麗莎：「別開玩笑了，它懸掛在那兒已經有 45 億年了。」

大衛把收集氫氣樣本的飛行器從太空船內開兩層小門放飛出去，因收集氫氣是主要的任務，所以小門設計得特別有保護作用，它的一切動作完全由電腦自動控制，就好像在地球操控模型飛機。

大衛：「我們先降落在冰山高聳入雲處，那裡比較亮。」

大衛、麗莎、威廉合作駕駛的太空船穩定降下落在成群尖冰山的附近。停穩之後，急忙打開太空船艙內的電子螢幕。木星外觀美麗眾人皆知，但是從歐羅巴衛星表面看上去一輪大球，比太空人阿姆斯壯在月亮上看地球真有天壤之別。

它巨大輪廓壓迫感十足有如在紐約市第五大道邊散步時，抬起頭仰望道路旁邊的高樓大廈。木星有一小部份南極陷入歐羅巴衛星的西邊天際，看不到，但大部份卻露在天邊。在太陽系的行星，大概只有土星有資格能和它拼選美了，還不一定會贏！

這是以前在地球時聽到對木星的讚美詞，親自登陸歐羅巴衛星，看見的是南轅北轍，真有天差地別。

科學家從地球發出飛行器到木星附近拍攝回來的照片，無論近看或遠看都會讓人爽心悅目，五花八門的顏色引人入勝。木星是太陽系唯一星球表面繽紛燦爛花花綠綠的，北半球有二條白色帶及一條褐色帶，每條色帶相互隔開，看似層出不窮的山峰，大江大河包羅萬象，有點恐怖，又有點迷人神采。

現今在歐羅巴衛星表面觀賞木星，突然感覺近距離視覺變調了，雄偉壯觀的景色消失了，面對的是赫然矗聳翻捲的逼迫近距離感覺。

光看那條褐色帶，凝視一會兒就看出無數巨形龍捲風上下滾動，捲曲伸展至底，留下漏斗狀褐色雲，往上旋轉，升到表面擴散成醜陋鬼魂形狀，南北排列，看了膽顫心驚，惶惶不安，個個龍捲風比地球的大上千萬倍。

再看那兩條白色帶，仔細觀察，在目不轉睛，明察秋毫之下，滿心懷疑看到的是無數的冤魂飛來飛去，不是在地球時看見圖片那樣美麗。

再往木星的南半球看，有目共睹比地球還大的大紅斑，聽說現在的大小尺寸比兩三百年前縮小很多了。誰還管它大小，如果真是風暴，總有一天會消失的。大紅斑好像大眼睛，中間還有瞳孔，大眼睛周圍流的好像半透明的眼淚水，眼淚多到像大江流水濤濤不盡，大江中穩藏著有如超大蟾蜍、大蛇的幽魂亂跑亂跳扭曲追撞。真的，木星沒有想像中那麼美麗迷人，要親自來到歐羅巴衛星才領會到。

他們震懾於這動魄驚心的景緻後，計劃執行主要的任務。

麗莎：「我們等下要將介子飛彈射到木星北極還是南極呢？」

大衛：「當然北極呀！木星南極是見不得人的地方，它真像置放在大碗公的一塊腐肉，長滿蛆蟲，有的長大變成蚯蚓狀。也有像白蛇、灰蟒曲捲成一大堆，惡狀萬分。倘若有人問，噁心是什麼？當看到木星南極，那就是噁心啦！現在此處看不到木星南極，它自知醜惡，隱藏在歐羅巴衛星下，消聲匿跡看不到，否則大家在宇宙號船艙內一定嘔吐遍佈船艙內壁。」

威廉：「我們的計劃不是回程時，再將介子飛彈在木星上試驗嗎？為何麗莎問要丟到北極還是南極呢？是不是改變計劃了？」

麗莎：「我只是問問而已，沒說現在射介子飛彈啊！你神經什麼呀？」麗莎追求不到威廉，開始對他不那麼百依百順了，還會頂嘴。

宇宙號船艙大門開啟，太空人步出太空船的階梯。他們都穿了太空衣，它有保溫設備，不然外面的溫度只有 -160° C，一出外面即瞬間凍死。他們趕快利用冰山林立的背景照了幾幅有留念價值的照片。

在這段時間氫氣收集飛行器已充滿了氫氣，壓縮成液體或氫化鎂型態吸收儲存之後。它就會自動返程。

麗莎：「就像月亮繞地球，因歐羅巴太小，自己不夠力量自轉只好半面朝著地球轉。歐羅巴的質量與體積和木星相差懸殊，所以也只有一面永遠朝向木星旋轉，它 3.5 天就公轉一周，自轉也是 3.5 天。」

大衛：「暗物質的吸引力很強。氫收集器的飛行速度達光速千分之一，約兩個小時它就會回來的。」

不久，收集氫飛行器如期在約 2 小時後返回太空船，進入太空船儲藏室。外面還細心標示「木星氫」，大衛小心將容器存放好，高興地宣示：「收集木星氫樣本任務圓滿完成。」

搏鬥

大衛、麗莎、威廉和安德魯四位太空人在歐羅巴衛星冰層上，已逗留地球時間兩小時以上了，應該回去宇宙號太空船艙。 四位太空人穿著禦寒太空裝進入太空船艙，先脫去禦寒太空衣裝，再開啟氫和氧燃料的控制閥，用來啟動宇宙號在歐羅巴上空橫向飛行，尋找上次看到的大坑道口。繞了一陣子，終於在最黑暗處看到了那個好大的坑道口。

麗莎：「我看到了，那真是一個暗無天日的地方。」

威廉：「這麼大的坑道口，是被小行星在幾億年前撞到的吧！那邊是薄冰層，海底冒出熱流，才形成了小湖。」

太空船在大坑洞的上空盤旋了好幾圈才降落，停在一處離小湖不到 5 公里處。他們必需把太空船調控變成潛水艇，在海中航行所需的能源純粹依賴暗能量和暗物質的控制。

地球比歐羅巴衛星的質量大 100 倍以上，所以地球的地心引力也大於歐羅巴 100 倍以上。在歐羅巴上隨意跳都會躍上 50 公尺高，由跳高國手恐怕跳上 100 公尺高。在地球由 50 公尺高摔下來，恐怕只有粉身碎骨、肝腦塗地，在歐羅巴跳上如鳥飛，下來如乘降落傘。

四位太空人的特製太空鞋用力在冰層上踐踏，然後齊聲說：「我們的一小步，卻是人類的一大步。」

威廉：「歐羅巴的絕大冰層厚度都是幾公里甚至幾十公里，但這裡海洋底下有岩石地心冒出熱量，將海洋小冰層熔化成小湖，像是由天掉下的禮物。今再由此上天掉下的小湖潛入歐羅巴冰層下的淡水海洋。」

這次太空任務是到木星和土星採取氫氣的樣本，由聯合國與美國合作出資支助。美國航太私人公司也資助不少的費用，他們的目的是要把太空船設計成雙用途，也可以當潛水艇之用，下海深處找古代生物，以便將來開發為人類的太空觀光景點。太空船本體在歐羅巴上的重量變得很輕，但在歐羅巴衛星，只要它放出暗能量就馬上飛上天空（冰層內含水的氫原子排斥力）。

在太空船艙裡，大衛打開一扇小門，找到一個特殊設計的工具，按下紅色鈕扣。太空船馬上自動變形，尾部拉長，露出馬達推進器，加上尖形的頭部，就是潛水艇了。大衛小心翼翼啟動太空船潛水艇，起飛到小湖中心的上方，收起3支太空船的著地支架後，緩慢降落潛水沉入小湖中的海水平面。潛水艇開始潛到湖底，發現水很清澈乾淨，不見任何生物。

大衛：「地球那邊的海洋沒有這麼一塵不染，肯定這裡的海水沒有污染過，也就說海底如有生物，應該不會製造污染的生物。」

威廉:「那是什麼生物只製造較少污染:細菌、海底植物？」

越往下潛航，水色越顯深碧黝暗…，潛艇外有照明設備，潛艇裡面的影視螢幕看到的照射面，可清楚看到很遠的距離。

麗莎:「這裡什麼魚類生物也看不到。」

大衛:「我們再潛到 5 公里深處看看。」

潛水艇向下潛航約 5 公里就看到一大片岩石殼，這真的與地球狀況有差別。岩石殼上長了黑色藻類植物，到處暗黑色，魅影陰森地有道理喔！因為沒有陽光，長不出什麼顏色。這海底藻類植物，長相如動物形狀，有大小不同的泡沫往上冒出。

安德魯突然大叫:「看！一隻好恐怖的動物，很大、很大，在右邊岩石殼上爬著吃苔類植物。」

安德魯先看到，後來其他人也都親眼目睹了。它的樣子很醜陋，面目猙獰，黑色鱗片覆蓋龍身、鰻魚頭、有八隻類似大章魚腳左右各四隻，足部有吸盤可以吸附在岩石殼上怪異的苔藻類叢中蛇行前進，全身約 10 公尺長。體型很粗、看似重量很大、可以被歐羅巴的小地心引力強而有力引力牢牢吸住，不會輕易飄浮起來。這湖底只有這種很大的怪魚，因小魚太輕，會浮起來，所以不適應生存在歐羅巴湖底。那隻大怪魚本來專心的吃奇異人形海藻，不料竟被這艘從來未見過的潛水艇嚇到了！

正當安德魯慢慢爬上太空船頭頂的小窗向外望去，被大怪魚看到，反而以如鯊魚的上大下小的大尾鰭遊過來，一口咬住迷你潛水太空船頭部尖端逃生器，用力甩動，使潛水艇大搖擺。裡面4位太空人翻來覆去，大衛試著擺脫它的糾纏，所以把潛水艇加速往上開駛，也無法甩掉它。再用最大速度往下潛入湖底，就這樣上下來回好多次，經過再三的努力甩脫，還是無法擺脫它。大衛只好親自拿起長槍要出去和它拼鬥，麗莎跑過去抱住他，求他不要出去。麗莎好像對威廉死心了，回過頭來珍惜大衛了。

安德魯過去拉開麗莎要讓大衛出去趕走大怪魚，不然大家都會束手待斃。

大衛掙脫了麗莎的環抱，打開雙層門跳出去，馬上以長槍刺向大魚怪的嘴部，刺穿了它的嘴巴一個大洞，鬆開了嘴巴流出黑色血液。隨即用它的腳下吸盤吸住大衛的太空游泳裝，使大衛掙脫不了。它反身過來要用已受傷的血口獠牙咬大衛。

說時遲，那時快，突然從岩石下人形海藻叢中又遊過來另一隻同樣大小的大怪魚出來，咬住前一隻的尾鰭上部。第一隻才放棄咬大衛，轉身要與第二隻搏鬥。

安德魯此時也拿了長槍跳出潛水艇外，把長槍刺向第二隻大怪魚的嘴巴，刺中了，第二隻大怪魚不再咬住第一隻大怪魚，反過來馬上張開大嘴利牙咬住安德魯，不幸地安德魯一不留神，閃躲不及竟被咬住頭部大量血流噴出。第一隻大怪魚也游過來咬住安德魯的腹部，導致傷重大量流血而當場死亡，安德魯就此犧牲了。

大衛趕緊游回潛水艇，上來後，馬上將潛水艇快速浮上水面，大家都嚇破膽了。到了海面趕快把潛水艇的外形恢復原來太空船外形，那很簡單，把相同的紅色鈕扣倒轉回來，潛水艇的尾部及推進器都收進太空船內。

太空船發動，首先以少量的暗能量，航行離開歐羅巴。升空後將大量的暗能量由儲存室移送至太空船壁排斥木星往土星方向航行而去。

泰坦衛星

安德魯犧牲了，大衛、麗莎、威廉三人倉皇逃命。驚魂未定地駕駛無需燃料的太空船往土星方向奔馳。一路上，前半段的路程使用暗能量填充滿太空船外壁，產生排斥木星的力量，暗能量有很強的力量排斥木星的氫氣，雖然開啟航程時，速度會緩慢些，但排斥力是以加速度前進。

一路上好似風平浪靜，太空真是個中空地帶，由電腦操控航行，螢幕上看到的銀河星系都掛在黑暗的宇宙中。離他們最近又最光亮的星球還是太陽，只是變小了，亮度也萎縮了很多，因為他們離太陽 6 億公里了，地球離太陽才 1.5 億公里。

麗莎說：「我們現在的位置比地球和太陽的距離有 4 倍遠了，全世界有 90 億人口，而我們這裡才只有 3 個孤單的人。還在木星附近。」

沒預料會有人遇難，三位太空人遭到這意外打擊，都必須快速回歸以達成任務的集中意志力，不再過度悲傷而分心！

大衛：「我們沒有計劃去『土衛六』，也就是土星的衛星六號名稱泰坦，它是土星最大的衛星。宇宙中的暗能量是以加速排斥星系使宇宙擴張，那麼我們太空船的暗能量也是加速排斥木星而航行。」

他們有點害怕去泰坦衛星，是因為它的氣層很紮實，又是氮氣形成，對暗能量和暗物質排斥或吸引的力量，深恐他們的太空船無法靠近它。其實，後來證明他們的太空船很不一樣，目前船殼間隙和船艙內間隙都充滿了暗能量，利用其對木星的氫氣有強大排斥力航行，以反引力脫離木星，到半途時，太空船壁改換暗物質，以引力航向土星，航行速度愈來愈快，最後快到達土星時是光速的 500 分之一，而平均速度是光速的千分之一。以這樣速度來計算，從木星的歐羅巴衛星到土星只需要 25 地球日就到了。

這 25 天他們日日看太空艙內的螢幕，外面看到的是近在咫尺，遠在天邊的恆星，跟地球上看到的星星最大不同是它們發光不會閃閃爍爍，而是持續更明亮的照耀著太空船。

麗莎：「我們要去的土星；它的磁場是地球的600倍，如果是普通金屬製造的太空船，會被強力的磁場破壞。幸虧我們的太空船裝的是暗能量和暗物質，電磁場對它們是沒作用的，我們可以安心去土星和它的衛星繞一圈、探一探，去開開眼界！」

此次任務，威廉和麗莎都是太空船的副駕駛。

威廉：「真的能到土星，親身體驗一下，是很有意義的，此生就算沒白來了。」

大衛：「別高興得太早，土星有眾多衛星，要穿越它們是很險峻的喔！」

麗莎：「我們確定去衛星『潘』，它是最靠近土星表面的衛星。」

大衛：「是的，它的位置就在土星的A環㉘，靠近A環的外緣有恩克裂縫環，是一個很小的衛星，它就在『恩克』裂縫環孤單的圍繞著土星。」

㉘ 土星環眾多而最明顯又清楚是A和B環。

威廉突然喊起來：「看！土星變大了像是足球那麼大，我們已經接近它了。」

大衛：「再過一個地球日就到了。在木星與土星中間時，我把排斥木星的暗能量收起來，放出暗物質與土星相吸引，增加航行速度。現在開始要減速了，也就是慢慢降低暗物質的數量，使土星對太空船的吸引力也緩慢地減少，當然太空船的飛行速度也會跟著慢下來。」

他們三個失掉一個同伴的太空人，在憂鬱氣氛中回想那段驚險過程，還是顫慄緊張不已。自從在木星的歐羅巴衛星的深海中被鰻魚頭、龍身、鯊魚尾怪物，咬死了同伴安德魯，逃亡奔向土星之後漫長二十幾天，心情渡過帶著悼念悲傷的日子。不過兩位男士很快脫離多愁善感，互相鼓勵振作起來。

威廉提醒地說：「我們終於即將抵達土星，快到土星環，A 環的小冰塊含有氫元素，會撞擊我們的太空船。請大家提高警戒心。太空船要盡量避開小冰塊的攻擊，找到『潘』衛星後再下降，趕快收藏暗物質，就是靠衛星『潘』載負宇宙號太空船繞土星。」。

大衛說：「我們按照原計畫進行，到土星上採集氫氣吧！」

衛星「潘」是土星體積最小的衛星，形狀不是球形，但是有點像長方形，長約 35 公里，寬約 23 公里，面積約底特律市的二倍大小。它在恩克縫隙內，以 14 小時就可以快速繞土星一圈。相比月亮繞地球需一個農曆月，約 27 天的時間，它繞得非常快，況且土星體積比地球約大 330 倍，月亮圍撓地球一圈的時間，「潘」衛星已圍繞土星 50 圈有餘了。

如果它繞著地球轉，很有趣的事就會發生。它每半個小時就繞地球一圈，換句話說，每 30 分鐘，人類舉頭望天空就看見一個好似台北市的三倍那麼巨大的冰塊瞬間劃過天空！若不這麼快，怎麼可能不墜落下來。

再說，「潘」的形狀很有趣，雖然某個角度觀察很像長方形，但是，整個立體形狀更像一粒餛飩形狀，在宇宙恐怕找不到這樣奇特外觀的衛星了。

但要更擔心的是，土星 A 環含有無數小冰塊，裝了暗物質的太空船會被攻擊的。大衛駕駛著宇宙號太空船，在寬度只有 300 公里的狹窄恩克縫隙急速追趕「潘」衛星的軌道，和它同速度時，找一個平坦地區降落在「潘」衛星上。

電腦的螢幕可觀察太空船外面的情景。他們在太空船內速度是光速的 0.01%，這已經是十分快的速度了，但仍卻感覺不到。他們在「恩克縫隙」內看出外面靠土星那邊的 A 環，跑得比他們還快，因為在裡邊靠近土星，受它引力拉扯，所以跑得比「潘」和宇宙號太空船還快速呢！

三位太空人面對這多變的銀河驚異萬象，已揮別對隊友的悲傷、立刻調整心態、精神抖擻、神采飛揚起來！這是比在地球坐雲霄飛車快數萬倍的速度感。順便提及，衛星「潘」和鄰近的左右 A 環都會發生引力拉扯關係，恩克縫隙環邊緣形成波狀的振動。那些在恩克縫隙左右兩邊的沙粒、小冰塊、很小的岩石像牧羊散步在恩克縫隙帶，但是都會被衛星「潘」趕回 A 環，所以「潘」被認為有牧羊犬的功能，把恩克縫隙清理得乾淨。

太空船還停在潘衛星上，太空人從螢幕裡望外面，密密麻麻小衛星，看到土衛一（Mimas）、土衛三（Tethys）、土衛二（Enceladus）、土衛四（Dione）還有土衛五（Rhea），這些位於土星環外面的，都是小衛星，隱約瞧見遙遠的泰坦衛星（Titan），是土星衛星中最大的。

大衛：「差點忘了我們來此的任務，現在太空船停在『潘』衛星上，是這次航行中最靠近土星的時候。我們要趕快發出飛行器到土星執行收集氫氣的任務。」

宇宙號太空船立刻航向土星方向，它在電腦程式控制下進入土星北極附近。

氫氣收集器和自動飛行本體也都是由暗能量和暗物質互相交替使用，使收集器航行隨時自動調整可高亦可低航行，順便也收集其他資料，使用紅外線拍照。不久，收集氫飛行器就回來了，因為「潘」和土星的距離才約 13 萬公里，而光速是每秒 30 萬公里，土星上如發出光源，不到一秒鐘，「潘」衛星上的太空船就接收到了。

在此，也不得不說明「觸媒介子㉙」的作用。太陽是利用龐大體積造成內部重力大到可以壓縮氫原子核接近，而融合在一起，產生氦原子核，並放出極大量的熱能及光子，散發到地球等八大行星㉚。而核能發電廠或核子彈是利用極大質量「鈾元素」核子分裂產生的大能量發電或爆炸。現在又有比較輕鬆的方法，不需在高壓或高熱量之下也可以產生極大的能源。經過一百年左右的研究終於找出大量生產介子（muon）的方法。介子與電子的特性相同，只是介子比電子重207倍，這種不需在高壓或高熱量之下也可以產生極大的能源的方法，是利用介子當觸媒（catalyst）使原子核在低溫下，可以融合產生氦原子核而放出極大量的能量和光子（光明的來源）。介子的質量比電子大207倍，它會將氫原子裡的電子驅逐出境，以大欺小，取而代之。由於大207倍，與氫原子核的距離也拉近了二百多倍，氫原子變小了。自然容易和也縮小的原子接觸到，就產生了融合現象，產生氦原子而釋出大量的熱能及光子。

麗莎：「把觸媒介子丟入土星就可能讓土星像太陽一樣爆炸燃燒起來，我們就創造了太陽系的第二個太陽。」

㉙ 介子 (Muon)：和電子一樣擁有一個負電荷，二者皆為基本粒子，可是質量是電子的207倍。

㉚ 冥王星已於2006年自行星中除名，其正式等級為矮行星，矮行星是直接環繞著太陽，並具有行星級質量，但既不是行星，也不是衛星的太陽系天體。

大衛：「我們從地球帶來兩支小飛彈，一支就是在土星做實驗，如果成功了，我們就好像神，創造出新太陽，把溫暖照耀到旁邊的衛星，讓未來人類能夠居住。」

麗莎：「說話小心點，在二千多年前，你會像耶穌那樣被捉去，然後把你釘在十字架上流血喔！」

大衛：「對對對，不要批評宗教和獨裁者，否則，無妄之災會降臨。」

大衛說完了，太空船就起飛上升離開了 A 環，往土星急速航行過去。準備好介子（muon）火箭炮射出去往土星飛去，太空船馬上換了暗能量排斥土星，往反方向飛走逃生。在途中大衛瞧螢幕看，土星已是一片火海，就像一小太陽的光芒照射著它周邊的大小衛星，更不用說土星環的榮耀，所有環 A、B、C、D、E、F…，都以各種顏色呈現出豔麗的面貌。很可惜他們帶來的「介子」（muon）粒子很少，土星表面燒了五分鐘就熄火了，沒有介子當觸媒，氫原子就不能融合也就是不能發光發熱，不過這次短暫實驗算是成功了。

大衛：「還有一支『介子』火箭炮，要在回程時經過木星附近時，再做這航行的最後一次試驗，把木星點燃。如果成功了，人類就可以移民到木星的衛星歐羅巴居住。那裡有冰水可以養活人和動植物。」

麗莎：「不僅如此，我昨天還夢見，我們可以控制木星燃燒的程度，把一年四季都控制在春天的氣溫，使歐羅巴衛星上，冷凍了幾十億年的冰層溶解成一片汪洋大海，讓海天連在一起，水汪汪的碧綠海洋，襯托著蔚藍的天空，真是美景如畫，四季如春。」

大衛：「不會那麼容易啦，有四季分明才好。」

宇宙號太空船已經接近土衛十「杰納斯㉛」了。它也是一個奇形怪狀，表面凹凸不規則形狀的，充滿冰塊與岩石混合的小衛星，它與土衛十一「埃庇米修斯㉜」的土質類似，大小相差不多，而且竟然共用兩圈只有50公里之差距的衛星軌道。這兩圈幾乎靠近在一起的軌道，距離土星表面約150,000公里，土衛十「杰納斯」當前的時間在外線軌道運行，內線比外線土衛十軌道更靠近土星表面50公里而已。

在軌道繞土星一圈公轉的地球時間約17小時，位於土星環狀帶F和G附近。50公里的差距在距木星十五萬公里遠的距離一比較，是非常靠近的，所以它們雙星會每四年互相跳到對方的軌道，這是太陽系的奇觀，也只有在這裡看得到。

土衛十「杰納斯」和土衛十一「埃庇米修斯」，兩顆小衛星各別在軌道相差只有50公里的兩軌道互相跳到對方的軌

㉛ 它的大小尺寸是200×190×150公里。

㉜ 尺寸大小是140×110×100公里。

道，好像在跳舞，經過了幾十億年下來都沒互相碰撞到。這是太陽系星球唯一的跳舞奇景，說不定是全銀河系唯一奇幻美景。太空船已經追上了已跳到外軌道的「杰納斯」和它同速度在軌道上，開始下降;很平穩的停在較平坦的堅固冰塊上。

這兩衛星每四年就靠近一次，大衛算準了他們剛好碰上每四年雙星互相跳躍到對方軌道的時刻。宇宙太空船停放在外軌道的「杰納斯」表面上，與在內軌道奔馳無阻的「埃庇米修斯」互比苗頭，準備跳到對方的軌道。大衛把雙星互換軌道的圖片顯示在螢幕上，出現了如圖 8-1. 的圖。

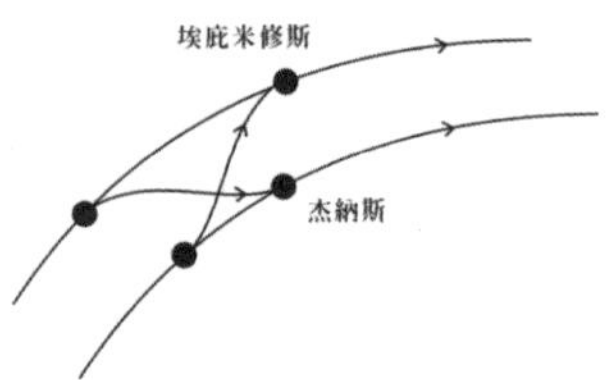

圖 8-1. 杰納斯衛星與埃庇米修斯衛星交換軌道

當「杰納斯」衛星開始內移時，太空船就起飛往向外移的「埃庇米修斯」衛星靠近，當與「埃庇米修斯」航行速度相同時才降落在「埃庇米修斯」衛星表面平坦處，所以宇宙號太空船一直還是停留在外線，只是衛星內外線交換。麗莎和威廉看著剛才還停落在它上面的「杰納斯」衛星以更快速度在內軌道風馳電擊般奔馳而去，他們都見證了這罕見的宇宙現象。

銀河系到處佈滿恆星（如太陽），環視四周滿天星斗，星星皆是恆星，而行星（如土星）及衛星（如歐羅巴）卻寥寥無幾。要在銀河系找類似土星擁有那麼多的衛星，恐怕如鳳毛麟角，土星是銀河系的唯一寶貝了。

大衛：「我們這次對土星和它的衛星探測任務天衣無縫，完美達成，應該準備回程了。」

麗莎：「我們長途跋涉從地球到土星採取氫氣樣本而不去它最大的衛星『泰坦』參觀一下，真是可惜。」麗莎茫然若失，無限惋惜。

大衛：「是無能為力，而非不想去。『泰坦』衛星是太陽系唯一擁有濃密氮氣衛星，約 98% 左右是氮氣，它的氣壓是地球的 1 倍半。也就是又厚又濃密的氮氣包圍住『泰坦』，使含有暗物質的太空船不能被含氫豐富的『泰坦』陸地表面及裡面的碳氫化合物吸引，引力被氮氣擋住，因此無法到達『泰坦』表面。」

威廉：「我們現在小衛星『埃庇米修斯』表面上，我們把太空船駕移到『埃』衛星背向土星處，然後把太空船內的暗物質瞬間換成暗能量，土星馬上放出排斥力量把我們太空船拋離土星推向『泰坦』方向。大衛，我們冒險一下，小心操控，好嗎？」

大衛思考了一下：「好吧！麗莎！妳同意嗎？」

麗莎點頭：「好吧！」

大衛馬上把宇宙號太空船充滿了暗能量，一下子就被土星強大的反引力作用，快速航向不算遠的「泰坦」衛星。

抵達「泰坦」的中途了，大衛大聲說：「現在我們的太空船還有感覺到土星的反引力作用，不過，反引力愈來愈小，等到反引力消失，我隨時會把暗能量換為暗物質，讓太空船與『泰坦』所擁有氫元素產生引力作用，『泰坦』衛星自然會在我操作暗物質與暗能量之間的適當分配量，平穩降落在『泰坦』有岩石平坦區域。」

威廉：「我們要以生命作賭注，豪賭一場，如果『泰坦』的氮氣層沒有巨大阻礙，我們就成功了。」

已進入濃密的氮氣層，太空船外，霧濛濛的縷縷青煙，似淡藍色不透明的幻境，這些景象似曾相識，一如在地球的上空漂浮的藍天。太空船剛駛入「泰坦」大氣層，一層朦朧雲霧罩蓋了神祕看不見的「泰坦」表面。進入氮氣層半途時，朦朧的藍色開始淡化，而黃褐色顯現。

此時宇宙號的速度慢下來只因「泰坦」排斥太空船上載暗能量。大衛不慌不忙的收進一些暗能量而放進更多暗物質，使「泰坦」與太空船的暗物質產生引力作用。大衛孤注一擲，拼命在操作和控制太空船，避免撞上『泰坦』表面。還好，在瞬間墜地前幾秒反轉向上，救了大家的命，否則撞上了就是三個太空人為了人類殉職，魂斷「泰坦」衛星。等到大家驚魂安定下來時，大衛已平穩地把太空船降落在平坦的表面上。

大家從螢幕上看到外面的景色，都被迷住了而久久凝視著。此時是中午時分，卻昏暗如地球午後陰雨天，太陽掛在上空中央，大小像一淡褐色的高爾夫球。看到山脈流下來的河川是液體的甲烷。液體甲烷就是地球廚房裡必備的瓦斯的成分。地球上的瓦斯是靠加壓才變成液狀，裝入瓦斯鋼管桶，而「泰坦」氣溫在負 180° C 之下，甲烷在這樣的低溫度就變成液狀，不需加壓，自然形成液狀。它好像地球的水流成河注入湖泊，也會下雨，但不是雨水而是甲烷的雨。

看到土星環上下臥在天邊，巨大的土星在天空邊緣，遮住天空一大片的空間，看起來比地球的月亮大 100 倍，真美麗，但卻掛在朦朧暗黃褐色的天空，太空船停泊地點可以看見太陽，也看得見土星的光明與黑暗交界處。今天運氣還算不錯，「泰坦」衛星雖然都是以同一面，面向土星，卻大約在土星和太陽間，看得到土星環。

太空人一直待在船艙內等現在這個時刻的到來，土星遠在天邊，近在眼前。 此時的風光，一生一世永難忘懷。太陽旁邊的天空變成粉紅色，再遠一點的天空顏色卻是紫色，再更遠的天空顏色是黑褐色了。一個畫家如果在「泰坦」衛星作畫，同一面牆壁中午的顏色與下午的不一樣，不知如何畫法？這位畫家必需先學會量子力學，懂得有色光是如何被分子電子軌道能量的變化所左右牽制的，他才能掌握住繪畫的絕竅！

停留在泰坦衛星上，這三位青年太空人的內心充滿復雜的思維。這一天整個下午他們都在想著「泰坦」衛星可能存在低等生物嗎？

大衛：「生物必需由優秀的 DNA 形成才能夠進化成進步性生物組織，否則漫長歲月中會被淘汰，汰弱留強便是宇宙中生存的原則。」

麗莎：「優秀的 DNA 基本元素：氫、氧、碳、氮、磷 5 種元素，其中必需擁有大量氫和氧元素。如果一個行星或衛星沒有大量氫和氧元素，它就提供不了生物的生存必需材料，不管是如何低等生物，如果缺少氫和氧元素組成的生物，永遠不會進化的，譬如，厭氧菌類體內無氧元素，是永遠落後不會進步的低等生物。」

威廉：「『泰坦』衛星所含的氧元素是少到可以忽略掉，所以你們認為『泰坦』衛星是不會養出生物？」

大衛與麗莎點點頭。

威廉：「地球為何可以養出厭氧菌？」

麗莎：「因為地球有豐富的磷元素，這是厭氧菌和植物所需元素。厭氧菌類必需躲在動物體內才能存活下去，所以地球可以養活很多厭氧菌，而『泰坦』沒有動物可以容納。所以它在『泰坦』無法生存。」

大家作了一個結論。太陽系內有生物的地方只有地球和歐羅巴衛星，其他地方找不到生物的。因為太陽系裡，只有這兩星球有大量的水可以轉換成氫氣和氧氣，供應製造優秀

DNA 的原料。如果用矽代替碳或砷代替磷，化學照樣可以合成 DNA 的分子結構，但是，前者是低等的 DNA 而後者是有毒的 DNA，都不是優秀的 DNA，就沒有進步的生物存在了。

這趟長途太空之旅除了執行人類所付託的科學任務，他們三人總得儘量不混入私情糾葛，不過還是有人按奈不住了。麗莎屢次向威廉示愛，讓大衛很不是滋味，覺得追求麗莎無希望。

「威廉。」麗莎輕聲呼喚：「大家都在談 DNA，你和你的哥哥長得那麼帥；你爸媽大概很帥，生的孩子也帥。我們結婚，生出來的孩子，說不定也是很漂亮？」

麗莎很明顯在調戲威廉。她一點都不把大衛看在眼裡。

威廉則凜然眼神回應，且正經地說：「我看，妳又錯了，我爸媽都是農夫，從來沒聽過別人讚揚他們的外表。」

麗莎靠近威廉要吻他被拒，威廉把麗莎的手交給大衛，示意大衛吻她。

麗莎立刻抽回手，拒絕大衛的吻。

這個動作使大衛很絕望，大衛忍氣吞聲，沉默抗議。心想回地球後，工作任務完成，快速遠離，切斷這段情感，告老還鄉吧！

麗莎：「威廉，你和蘇菲亞結婚，你要終生照顧她的氣喘病喔！」

威廉：「我是心甘情願，我真的很愛她。醫生說她患的是敏感性氣喘病，可以痊癒的。請妳不要再威脅我了，也不可再欺負老實性格的蘇菲亞。」

麗莎終於明白了，在她千辛萬苦地真心表白，還是無法打動威廉，他是不會愛她的。她只好認清現實，調適自己的心境，硬要強求，終是枉然的。

大衛把太空船充滿了暗能量準備借用「泰坦」的反引力作用離開，走回程路。他們朝向木星方向航行，大衛導航技術已經是駕輕就熟，這次輕鬆的把太空船領航離開濃密密的藍色氮氣大氣層。出了氮氣大氣層，「泰坦」表面雖有豐富氫元素，但被厚厚的氮氣層隔離，開始對太空船的暗能量失去排斥作用力。

大衛於是把暗能量慢慢換成暗物質，使太空船增加速度航向木星方向，一路上有木星氫分子的引力，將太空船加速到光速的千分之一。

從土星的泰坦衛星航行到木星，大衛以平均光速千分之一的速度前進只花 25 天就抵達了。

木星比較大的四個衛星中，只有「歐羅巴」和「甘尼米德」表面有冰層，就是有很多氫原子可以和暗物質互相吸引，也和暗能量產生反引力，所以才可以降落其表面。其他衛星沒有足夠的「氫」，也就是不能靠近降落。航行從泰坦衛星出來，太空船一直填充了暗物質，故很容易被木星氫分子吸引。太空船被木星氫吸引，就是前進，也同時航行速度也愈來愈快。相較使用燃料飛行的速度前後不變，暗能量和暗物質作為能源是更有優勢的。

麗莎正要準備發射另一枚火箭炮，說：「『介子』已裝在火箭形物體裡，希望火箭進入深一點才爆炸釋出『介子』觸媒，使木星氫原子核的融合能持續久一點，釋出光亮。」

大衛：「木星的磁場比地球強 20,000 倍，所以介子火箭採用非金屬材料，使用塑膠材質，再加上暗物質不受電子磁場的干擾，暗物質包住箭身外殼，射中木星機率百分之百。」

威廉：「我們往北極地區射擊，離南邊的紅斑點遠一點，因那是暴風圈地區，在那裡風速極強，恐怕影響氫原子核之間的近距離接觸，因此使觸媒作用受阻而燃燒不起來。」

大衛：「我們已接近木星北極區 100,000 公里了，北極區的風速較低，氫流動性低，啟動融合的機會較高。」

宇宙號太空船很貼近木星表面航行了，他們在艙內螢幕看到木星的北極圈。從太空船艙裡螢幕望，看到最裡邊的是埃歐衛星，再次看到「歐羅巴」衛星，他們曾經下去過了，但因為是安德魯葬身此處，三人都傷心的別過頭去。第三個衛星是「甘尼米德」，是太陽系內最大的衛星。

第四是「加里斯托」衛星，這四個都是較大的衛星，早在四百年前已被偉大的天文學家伽利略發現了。當時的教會恐嚇他，讓他餘生皆在恐懼中渡過。再看遠處都是一些小衛星了。

大衛：「太空船正在北極上空100,000公里處，往下看中間好似有一個大洞，威廉趕快準備好，將『介子』火箭瞄準射向大洞。」

威廉：「發射出去了。」

大衛：「我們趕快離開這裡，等我們到達『埃歐』時，介子火箭也會到達木星北極大氣層，是由電腦自動控制，射進到達氫氣濃度有到一定程度時，自動爆炸，散發介子引發氫核子融合，發出強大熱量及光子的低溫觸媒核子反應。」

太空船到達「埃歐」時，太空忽然爆發陣陣強光閃閃發亮起來有如森林大火。回頭一望，螢幕上看到木星北半球有如赤熱的太陽半邊。這是三個太空人一生在地球，從來沒有觀賞過的宇宙奇景，於是在「埃歐」上空環繞盤旋許久，等見到木星北半球穩定持續地燃燒起來，才決定離開。這一趟的太空「介子」試驗又一次成功了，他們的一小步卻是人類科技文明大躍進的一大步，將來子孫有福了，可以移民到熱暖暖的木星衛星居住，可能是四季如春的氣候喔！再也不是酷熱的炎夏，也不是冰凍刺骨寒冬的極端氣候了。

太空船能在沒有氫元素的「埃歐」上盤旋，全靠大衛能平衡控制暗能量及暗物質的同時應用到「高手」的境界，「埃歐」的存在對太空船不發生引力與反引力的作用。它完全是靠木星的氫氣，有時產生引力，有時產生反引力造成在木星的太空中自由的航行。

當太空人在歡天喜地的沾沾自喜情緒中時，突然看到螢幕傳來「埃歐」火山爆發情景，有一個火山大爆發，大衛把太空船降低到離地面才 10 公里高，但保持安全距離，不被火熱的噴岩漿所波及。地球的火山爆發已經很少有怎麼猛烈，噴出火紅岩漿約有 2000 公尺高，因為「埃歐」沒有水蒸氣，可以凝結成液態水以便降溫，所以烈焰愈噴愈高，一發而不可收拾。火焰噴發一陣子後，火山口也開始大塊土崩裂開瓦解，火焰岩漿溢出火山口，急往低處流。

另外一個火山也噴出一整大片的火焰，它與第一個噴火的火山不相同，第一個是細條火焰噴出而第二個火山是整個火焰一起噴出，更為壯觀，也感覺到更加危險。它是木星最內部也是最靠近的衛星，而木星有強大的磁場，導致火山口噴出的火花會閃電，這可以證明埃歐衛星深深受到木星電磁場的影響。

將來有一天木星被人類用新進化學觸媒的方法點燃了木星外部氫原子的融合反應，由外面慢慢燒至裡面，這是與高壓內部燃燒到外部的太陽不同的。即使木星發光發熱了，埃歐還是不適合人類前往的衛星。有希望能讓人類拜訪應是離木星第二近的衛星「歐羅巴」，因它有豐富的水。有了水，就有氫氣和氧氣可供燃料及能源。氧氣裝在太空包不揮發，人類就能呼吸活下去。

木星如變成一個小型太陽，就會把歐羅巴冰凍億年的表面冰層溶化，使固態冰變成液態水，但如果都變成水也不適宜，因高溫的水也會慢慢蒸發，其引力比我們地球的月亮還小，最後都散發到太空中，所以要控制木星發出的熱量僅剛好讓歐羅巴的冰層保持在 -50° C 到 0° C 間。冰層保持固態，水分子就不會逃逸至太空。

威廉：「我們已來過歐羅巴，所以不會再下去停留。」

大衛：「我們把太空船開往距離木星第三近的衛星甘尼米德（Ganymede），它是太陽系裡最大的衛星。」

麗莎：「甘尼米德衛星的磁場很強再加上木星的磁場更強，兩個太陽系內大磁場相互作用產生了太陽系內最壯觀的極光現象㉝。」

威廉：「在地球也有極光現象，只是規模和壯觀與甘尼米德衛星的極光一比，真是小巫見大巫，相形見絀。」

大衛：「已經朝甘尼米德衛星方向航行一段距離了，甘尼米德衛星的外殼很像歐羅巴衛星的冰層，是非常厚的，底下還有鹽水，氫原子也很多，我把太空船裝滿了暗物質，航行速度加速中，很快就會到達。磁場雖很強，但對太空船的暗物質和暗能量都沒有影響。」

㉝ 極光現象：在地球或有磁場的其他星球，它的北極或南極會產生有顏色的光，非常美麗。

太空船緩慢地降落在甘尼米德衛星，它比水星還大些。降落在極光閃電最強、最多的地點。因太空人躲在太空船內而船殼有暗物質與暗能量保護著，不會傷害到他們的身體。他們從螢幕上看到外邊的瞬息萬變的極光，因空氣稀薄，閃電的聲音變得很小。這是太空人一生中唯一的經驗，也只有在「甘尼米德」衛星上才會經歷如此壯觀的美麗動畫。極光顏色千變萬化，紫色、綠色、紅色、藍色和黃色都會交錯出現，有時單一顏色佈滿上空，有時分好幾層不同色澤，這些顏色跟著電磁場而擺動，搖來晃去更增加它迷人的豐彩、好像天仙揮著飄帶紗裙，不停舞動，讓人眼花撩亂。看了這些又緊張又陶醉的景色，他們三位太空人都感覺驚艷說不出話來，這景緻將成為他們一生永遠的回憶。

大衛若有所感地說：「我們看夠了吧！不去木星的第四衛星了，那裡是個死氣沈沈的世界，沒有什麼好看的。就此回地球老家吧！」大衛愛情受挫，急想趕快回地球。

搶救德拉教授

從木星經過火星附近回去地球，快捷的太空船飛航線是從水資源豐富的木星衛星歐羅巴經過，水資源就是氫的來源。太空船利用「彈弓效應」達到航行最高速度後，一鼓作氣由木星地區強力彈出邁向地球。「彈弓效應」是一種加速度的法則，當賽車風馳電掣快速奔跑時，車後面產生低壓或真空地帶，跟隨在後面的賽車者技巧地以迅雷不及掩耳駛進真空帶，若後面駕駛者踩油門到底，賽車馬上被吸入真空帶，增加額外速度。換句話說，後車駕駛員進入真空帶獲得加速，必需迅速把車子移出真空帶到前車右後方，得到額外加速，乘勝追擊，後面賽車瞬間超越前車。

而這種效應即被太空人利用來加強太空船航行的額外速度，稱為「引力助推」也可以稱「彈弓效應」。太空船已經頻繁地利用「引力助推」的原理增加速度，也可以降低速度。傳統的太空飛行器只要航行路線經過行星時，躲在它的軌道靠近行星後面，行星的引力加上行星軌道速度就會拖拉太空飛行器加速，就如賽車時，後車駛進前車後面的真空帶，而獲得額外加速的道理相似。飛行器吸收了足夠加速度，從行星右邊或左邊超速，佔據行星前面軌道揚長而去。

大衛：「從木星最大衛星甘尼米德起航回地球，典型飛航技術應利用木星創造「彈弓效應」增加航行速度。首先經過歐羅巴衛星，雖然它在軌道上的速度是慢吞吞的，要靠它的引力幫助推進太空船速度有限，但是，它擁有一片水資源的表面，可以牢牢吸引太空船，帶動太空船增加速度，雖然不多，但是也有幫助的。」

經過歐羅巴低空航行時，麗莎突然大聲喊叫：「我從望眼鏡瞧見一架不明的太空船停留在冰層上，大衛，要下去看嗎？」

大衛：「是的，不過，宇宙號太空船已經加速了，來不及煞車，我們可以利用『反彈弓效應』㉞減速降落在歐羅巴衛星表面。宇宙號橫跨過木星公轉的軌道前頭後，向後轉個大轉彎與木星相反的方向航行，靠木星引力的拉扯，太空船航行速度就慢下來。愈靠近木星，引力拉扯愈有效，速度降低愈快，但是，掉落到木星的危險度升高。」

威廉：「啊喲，不會啦，你是駕駛高手了啊。」

宇宙號緩慢地降落在離這艘不明太空船約五十公尺處，麗莎曾自修過東斯拉夫語，立刻瞧見不明太空船外標示的東斯拉夫的字體。

麗莎：「那是東斯拉夫的。」不明太空船反而利用木星強大磁場建立電磁網路連繫上宇宙號的大螢幕。

東斯拉夫的太空船發出英語訊息顯示在宇宙號的大螢幕：「我們很清楚你們，德拉教授在我們太空船裡，我們警告你們不可輕舉妄動。」

大衛：「我是宇宙號太空船長，德拉教授的以前學生，請讓我和德拉教授通訊。」

㉞ 反彈弓效應是飛行器與行星在軌道奔跑方向相反，飛行器藉此，由行星引力拉扯而減速。

傳出德拉的聲音：「你們是誰？總共多少人？想不到我們會在歐羅巴衛星上碰面。」

大衛：「都是您的學生，麗莎和威廉，包括我大衛總共三位。德拉教授，您到底發生什麼事？ 師母和公子天天以淚洗臉，等您回家。您想回家看他們嗎？」

德拉：「很想，很想回家。但是東斯拉夫政府授給我榮譽國民的頭銜，我居住在莫斯科郊野，它的環境舒適，到處受到禮遇，他們給我的薪金是美國政府給我的兩倍之多。」

東斯拉夫太空船長：「德拉教授，我們現在所處的地方是歐羅巴衛星，既非美國管割地區也非東斯拉夫國的，你有自由選擇前往美國的太空船或繼續停留在東斯拉夫國的太空船。」

德拉：「船長，我很想念我老婆和孩子，能開門讓我穿著太空衣走向美國太空船嗎？」

東斯拉夫船長：「你上去美國太空船，就喪失榮譽國民頭銜，就不能再回東斯拉夫國領土。」

德拉：「我瞭解。」

東斯拉夫國太空船艙門打開，一位穿太空衣而腳踝掛上沈重金屬環，緩慢走下舷梯，向宇宙號太空船一步一步往前進時，宇宙號太空船艙內起了一陣騷動，大衛、麗莎、威廉興高采烈、欣喜若狂，他們一直以為他被人謀殺了，只有師母認為，被東斯拉夫國的間諜強行架走。歐羅巴衛星重力很小，如不掛金屬腳踝環，加重太空人的重量，不然，會浮上天空的。

麗莎激動地說：「就是他，就是德拉教授！」

德拉走到一半路時，突然停止行進，躊躇不前，然後竟然往回路走。東斯拉夫國太空船艙門本來已經關起來了，又重新開啟，讓德拉教授走入，再關緊艙門。大衛等三人對德拉教授的決定真是心灰意冷，失望至極。也關閉船艙門。

上面雙方通訊完全依賴木星強盛磁場與太空船內自己電機產生的電場，直立 90 度交叉通過產生小到收音機發出頻率 (能量) 最低的無線電波，他們當然只會使用頻率（能量）最低的無線電波互相通訊，是最安全的通訊頻率。

德拉進入太空船立刻發出無線電波給大衛等：「大衛，請師母正式申請移民東斯拉夫國，歡迎他們過來東斯拉夫國。我在這邊生活過得很幸福。」

大衛：「對 NASA 來說，您是重要人材，美國政府會不會批准師母和公子移民到敵國，沒人能預知，我們會盡力而為。」

說完了，宇宙號全力使用暗能量與歐羅巴衛星的冰，利用反引力作用，離開了第二次內心受傷的木星衛星歐羅巴。

重新利用了木星的彈弓效應，快速離開經火星附近返回地球。

絕命小行星

宇宙號太空船按照從地球航行過來的反方向回去。為了加強宇宙號的航行速度，必需利用引力彈弓效應繞道過火星，可是火星氫元素數量不多，無能為力，幫不了大忙。

大衛滿懷悲喜交加的心思，回想這次他們的任務是要採取木星和土星的氫氣，回地球研究是否能拯救地球能源荒。還有「介子」的試驗是否成功，將來人類能否移民居住木星和土星的衛星。如今所有任務已接近完成了，大衛只盼千萬要撐到最後關頭！

大衛堅定地再說一次：「我們要回地球囉！我把暗物質對準地球和太陽的大量氫氣所發出的引力就讓太空船加速航行，朝向地球的方向。火星不會幫我們忙的。」

副駕駛麗莎提醒：「我們航道遠離火星前進，需經過危險的小行星帶，雖然上次往木星航行時，小行星沒有找過我們麻煩。那時太空船裝的是暗能量排斥太陽和地球氫元素，同時也將小行星趕走。現在不一樣了，太空船外壁，裝的是暗物質為吸引地球和太陽引力。也同時吸引小行星來靠近。」

大衛感慨萬千：「來的時候，我們有四個人，現在剩下三人，失去一個同伴。」他的神情憂傷，悲愁蓋過他的喜悅期待，使得臉部黯然失色。

他想到這一段木星到火星，將面臨碎石和冰塊的小行星帶，還要特別謹慎航行。他提起精神說：「我們這次來木星與土星，希望解救地球的能源危機。這是個神聖的任務，人類的存亡有待我們任務的成功。我們沒有辜負了人類的寄託，把任務完成了，趕快回家吧！」

他們三人已離開了木星斥力的範圍，排斥引力的暗能量功能漸失，大衛把所有暗能量都收起來，而把吸引力的暗物質放出，吸引太陽與地球氫，這樣可以加速回家的航行速度，大家都感覺加速的快感。

從螢幕看到太空船已航行過了木星與火星間一半還多的行程，也就是比較靠近火星了。整個太空船的外壁還是裝滿滿的暗物質，發出對太陽與地球強大的吸引力。地球與太空船的質量相差有如天地的距離相差懸殊，所以地球不動如山，只有太空船被地球引力拉住，加速朝地球奔馳。

威廉：「我們是不是進入小行星帶，它不僅有小岩石也有稀有金屬，稀有金屬會連接氫元素，就會被太空船的暗物質吸引而撞過來。」

麗莎：「對！我們陷入危險地帶，如果撞到大一點的小行星，我們都會喪命的。」

大衛：「這些小行星為數不多，我小心駕駛就得了。」沒多久，宇宙號稍微搖幌一下，大衛驚道：「糟了，撞到了一粒小行星！」

大衛立刻打開外觀鏡查看，發現撞出一大凹陷，還好並無大礙。

威廉提出一個建議：「大衛！可否把外壁中的暗物質收藏起來，而把暗能量放入外壁內，這樣就可以排斥小行星，行嗎？」大衛：「如果現在把暗能量取代暗物質，置入外壁內腔，太空船雖然可以排除小行星的糾纏，但也會被排斥離開軌道，一但少量的氧氣用完，我們無法回軌道，就會在太空流浪到死。」

聽到太空船發出警告訊號；麗莎微微顫抖的說：「那只好冒險使用有限氫燃料，來控制太空船的方向，以躲避小行星，不讓它們撞到。」

威廉顯示不祥的臉色說：「我們三人生死與共，背負著人類托付到外星球採取可供當未來燃料的氫氣樣本。」他握緊右手拳頭用力重重地捶打左手掌心。

三位太空人鼓起勇氣，手掌熱力地緊握在一起，熱淚盈眶。

威廉喊著：「我們三人的生命重要呢？還是人類的未來重要？」

太空船又是「碰」的一聲，響亮震耳欲聾，打到太空船側邊外壁一個大洞。大家趕快回自己的崗位，小心翼翼的操控太空船。

麗莎：「大衛，注意前方遠處有一個小黑點顯示在螢幕，從太空船艙內望遠鏡螢幕望出去，是一個直徑約十公尺的小行星，如果撞上它，太空船立刻失靈。大衛，請檢查一下氫和氧燃料存量？」

大衛：「已經低於下限，可以再使用最後一次。」

麗莎：「是不是用它們來改變方向，不至於撞到那個王八蛋大石頭。」

大衛：「好的，我們說太空船不使用燃料，其實是使用極少的意思，也許將來的航行，真的全不使用。就這樣用掉了最後一滴的氫和氧。這是非常危險的決定，萬一往後需要橫向飛航行時，就完蛋了。」

大衛稍微改了方向，躲過即刻會致人於死的小行星，確定小行星離遠了之後，大衛才敢講話：「這是人類首次使用所謂『無需使用燃料的太空船』，以後會改進為暗能量與暗物質的交換速度就可以橫向飛航，完完全全不用一滴燃料了。但我們還在小行星帶，希望不要再遇到這撞擊！」

麗莎搶著回應：「如果我們任務失敗，真是愧對人類⋯。」

威廉突然想到一個萬全的計劃：「為防萬一，我們是否先將樣本收集器，共兩件分『木星之氫』和『土星之氫』分別送它們進入地球的軌道，它們的速度比地球的公轉速度快，樣本收集器必須使用暗能量，好讓它們減速靠近地球，使用降落傘掉進太平洋中心地區，再由美國派航空母艦去撿取。這樣子萬一我們有三長兩短，至少可以將樣本帶回地球完成使命。」聽完威廉的計畫，大衛和麗莎立即同意，他們三人火速地將兩件樣本收集器發射回地球。

在地球的太平洋海上，當樣本掉落海時，全球主要媒體主播擠在美國航空母艦上，掉落水的那一刻，人聲鼎沸，歡聲雷動，現場即時播出，全球各國主要廣場，有的鑼鼓喧天，有的鞭炮四射，有的鼓掌響徹天際。

接下來麗莎覺得很安靜了，鴉雀無聲，萬籟俱寂，抬頭望太空船艙內螢幕，驚喜交集，不知不覺間太空船已駛過了火星。又更接近地球了！

麗莎：「大家看！我們已過了火星了，已擺脫小行星的糾纏。」

大家自然互相祝賀逃過生死劫，各自又振奮起來回駕駛崗位，從望眼鏡看到地球了。再說太空人把樣本發出後，它還是繼續利用暗物質駕駛。過一會兒，有些小冰塊碰到外壁磁磚，其碰撞力有時強到把磁磚碰掉了，好在快回到家了，如果是在啟程發生的，就危險萬分。

大衛：「終於快到家了。」太陽的重力彈弓效應把太空船加速到瘋狂地步的飛航速度，順利地返抵地球的大氣層，太空船在交替使用暗能量和暗物質而緩慢地降落在一個秘密太空基地。當太空船降落後，才允許美國媒體在太空基地公開攝影，向全世界發佈。宇宙號太空船降落技術是一個超高科技，是未來美國賺取外匯的巨大財產金庫。所以未能公開。

不過，全世界也觀看到降落後的狀況，人群不禁喜氣雲騰，歡欣鼓舞。這三位「太空人」終於完成了人類探索太空的使命。後來這三位太空人各自進了不同的太空科學領域，奉獻他們的專業能力，在大學教授「量子化學」，也都出版了不少專業書籍。

但是，他們的餘情未了。

在回途中麗莎一再纏著威廉說:「地球找不到小不點的。」

威廉:「她對我承諾，一定在地球那端等我回來。」

威廉再一次拉起麗莎的手交給大衛，她又不情願地甩開拒絕了。

這使大衛更沒面子，決定回地球後立刻回故鄉台南市，那裡有家著名大學「國立成功大學」已聘請他當客座正教授。該校從來沒有聘請從未當副教教就直升教授，這是不平凡的事，大衛在美國研究的醫葯應用的量子化學受到肯定的結果。

回地球後威廉和小不點蘇菲亞馬上結婚了。

麗莎站在禮堂外感傷流淚。

附近有家台灣移民開的商店播放台語音樂。〈不如甭熟悉〉由原唱歌手龍千玉主唱，幽怨的歌詞，讓人聽了，忍不住心酸悲哀。

若知影會變這款，
當初不如甭熟悉，
如今新娘變成別人
叫阮怎忍耐，
站在禮堂外，
愈想愈悲哀，
你敢會凍瞭解，
阿！祝你幸福，
阿！祝你快樂，
目屎已經忍不住滴落來。

麗莎終於死心了，才恍然大悟，被愛比愛人更幸福。

她回頭找大衛，卻忘了大衛已經不在身邊。大衛已回去台灣了，而手機訊息也暫時聯絡不上。

麗莎擦乾臉上的淚水，說：「明天開始去人地生疏的台灣尋找大衛。」

一架長榮航空公司的飛機劃過天際，飛上太平洋上空，乘風而去台灣。

麗莎在台北市火車站前人山人海處孤單的望天空說：「有一天我會找到他。」

此時，正是大學放暑假，大衛和一群大學生正要爬上了玉山高峰的頂端。

高談文化 CULTUSPEAK PUBLISHING CO., LTD 華滋出版 拾筆客 九韵文化 信實文化

更多書籍介紹、活動訊息，請上網搜尋 拾筆客 

What' s Vision
悲慘地球

作　　者：林登科
封面設計：黃聖文
總 編 輯：許汝紘
編　　輯：孫中文
美術編輯：婁華君
總　　監：黃可家
發　　行：許麗雪
出　　版：信實文化行銷有限公司
地　　址：台北市松山區南京東路 5 段 64 號 8 樓之 1
電　　話：（02）2749-1282
傳　　真：（02）3393-0564
網　　址：www.cultuspeak.com
信　　箱：service@cultuspeak.com

印　　刷：威鯨科技有限公司
總 經 銷：聯合發行股份有限公司
香港經銷商：香港聯合書刊物流有限公司

2018 年 6 月 初版
定價：新台幣 350 元

國家圖書館出版品預行編目（CIP）資料

悲慘地球 / 林登科著. -- 初版. --
臺北市 : 信實文化行銷, 2018.06
面；　公分. -- (What's vision)
ISBN 978-986-96454-3-0(平裝)

857.83　　107009209